麗しのシークさまに執愛されてます

登場人物紹介
オージスト
ティシアが王宮で出会った男。
彼女を気に入り、
店に会いにやってくる。
生真面目で誠実な人柄。
ティシア
小さな村で調薬師《ちょうやくし》をしている娘。
母の病気を治すために大金が必要となり、
王都で娼婦になることにした。
薬の知識と前向きな性格で
様々な問題を解決していく。

シプリー
ティシアの母。
かつては王宮で
調薬師として
働いていたことも
ある。
店主
ティシアが働く娼館の店主。
娼婦を大事に思い、
ティシアにもなにかと
気を配ってくれている。
ミーラ
ティシアが働く
娼館の先輩。
経験豊富で、
色々なアドバイスを
くれる。
コリーナ
ティシアが街で
出会った少女。
なにやら複雑な事情が
あるようで……

目次

麗しのシークさまに執愛されてます

第一章

月が中天《ちゅうてん》に上《のぼ》り、きらめく星々が夜空を飾る。

その下、おごそかな建物の廊下に、男が立っていた。彼の美しい横顔を月明かりが照らし出す。

ひとりの娘が、その男に向かって石床に額《ひたい》を擦《こす》りつけながら懇願《こんがん》した。

「どうか、わたしを抱いてください！」

静寂《せいじゃく》の中、娘の――ティシアの必死な声が響き渡った。

◆　◆　◆

周囲を砂漠に囲まれたフロロフ王国は、鉱物資源が豊富である。砂漠でしか採取できない鉱物は他国でも高額で取り引きされるので、国はとても豊かだった。

ティシアは、そんなフロロフ王国で産まれ育った娘だ。最近十八歳になったばかりである。

母のシプリーと二人で、王都から離れた静かな村で暮らしていた。父はティシアが産まれる前に亡くなったと聞かされているので、顔も知らない。

男手のない生活ではあるものの、特に困ってはいなかった。

母シプリーは、薬の調合を行う『調薬師《ちょうやくし》』の資格を持っている。しかも特に優秀な者しか試験に受からないと言われている、『宮廷調薬師』として働いていたこともあった。そんなシプリーの教えを受け、ティシアも薬に対する造詣《ぞうけい》が深い。

そのため、ふたりは医者がいないこの村で、調薬師として生計を立てていた。

調薬師は医者までとはいかぬものの、病気に対処できる知識を備えているので、村民たちから重宝がられている。

ティシアが共同の井戸で水を汲《く》んでいると、ひとりの少女が声をかけてきた。

「おはよう、ティシア！」

振り向くと、そこには織物屋の娘がいる。年が近いこともあって仲よくしている彼女は、満面の笑みを浮かべていた。

「おはよう。機嫌がよさそうね。いいことでもあったの？」

「うふふ。実はね、恋人ができたの」

「ええっ、もう？　……あっ、いや、おめでとう！」

うっかり口を滑《すべ》らせて「もう」と言ってしまったが、上機嫌な彼女は気にしていないようだ。

なにせ彼女は、つい一週間ほど前に恋人と別れて大泣きしたばかりである。それが今や、輝かんばかりの笑顔を見せていた。

「相手は誰なの？」

「隣村の人よ。昨日、その人の家に織物を届けに行く途中で、雨《スコール》に降られてしまってね。濡《ぬ》れた姿で家に辿《たど》りついたあたしを見て『そのままだと風邪を引く』って言ってきて、まあ、そのまま流れで……ふふっ」

「えっ？　じゃあ、付きあう前に『しちゃった』ってこと？　流れでって、具体的にはどういう流れなの？」

ティシアは身を乗り出した。

「ティシアはいつも、この手の話に興味津々《きょうみしんしん》ね。そんなに気になるなら、自分で経験してみればいいのに。あなたの容姿なら、誰も断らないわよ」

そう言った彼女の肌は褐色《かっしょく》で、黒い髪をしている。

対して、ティシアは透《す》けるような白い肌を持ち、髪の色も銀色だった。

このフロロフ王国では、殆《ほとん》どの人が褐色《かっしょく》の肌に黒髪という容姿を持つ。しかし、数千人に一人の割合で、ティシアのような銀髪白肌の娘が産まれるのだ。

この容姿は人目を惹《ひ》く。母のシプリーも銀髪白肌のため、三十代後半ながら、いまだに結婚の申しこみが絶えないほどだ。

年頃であるティシアにも、縁談の話が沢山きている。告白だってよくされるし、目の前の彼女の言う通り、作ろうと思えば簡単に恋人を作れるだろう。

しかし、ティシアは誰とも付きあうつもりがなかった。

「恋人はいらないわ」

「いつもそう言ってるわよね？　モテるのに、どうして？」

「それは……」

真っ直ぐに見つめられて、言葉が詰まる。

今から遡《さかのぼ》ること十年前——当時八歳だったティシアは、宮廷調薬師として働いていたシプリーと一緒に王都で暮らしていた。

そのとき、ひょんなことからふたりで大臣の悪事を目撃してしまい、命を狙われる身となってしまったのだ。そうして母に連れられ、この小さな村に逃げてきたのである。

ティシアという名前も偽名だ。本名はアイシャというけれど、十年間使っていないので、今ではティシアと呼ばれるほうがしっくりくる。

十年経ったとはいえ、未だに捜されているかもしれない。そう考えると、相手を巻きこむことを恐れて、ティシアは誰とも付きあえなかった。ましてや結婚なんて、もってのほかである。

しかし、恋人は作れずとも、男女の営《いとな》みについては興味があった。

村には娯楽が少ないため、色事の話が盛んだ。その中でも、恋多き彼女が語る内容はすごかった。

「わたしのことより、あなたの話が聞きたいわ。ねえ、どんな流れでそういうことになったのよ」

話をそらすと、彼女は待っていたかのように、すぐに語り出した。

それを聞きながら、ティシアはあけすけな内容に頬を染める。恋人はいらないけれど、性交への知識と興味は人並み以上にあるのだ。本音は経験したいと思っていることは、誰にも秘密である。

「す、すごいわ……！」

「そうでしょう？　うふふ、実はまだ続きがあるのよ。聞きたい？」

「聞きたい、聞きたい！」

「ティシアは本当にこういう話を聞くのが好きよねぇ……。でも、まずは水を汲《く》んじゃいましょう」

「そ、そうね」

話に熱中するあまり、手が止まっていたので、慌てて作業に戻る。

「じゃあ、あとで教えてね！」

「はいはい、またあとでね」

ティシアは水の入った重い桶《おけ》を持って、家へ帰った。重労働のさなかでも、頭の中は先ほど聞いた刺激的な話でいっぱいである。

「ただいま、母さん」

扉を開けると、家の中でうずくまっているシプリーの姿が見えた。

「母さん！」

ティシアは思わず桶《おけ》を取り落としてしまう。せっかく汲《く》んできた水が床に流れてしまったけれど、そんなことは気にしていられない。慌ててシプリーに駆け寄る。

「……っ、足が急に動かなくなって……」

青ざめた顔で、シプリーが答えた。ティシアは彼女の服の裾《すそ》をめくり、足の様子を確かめる。

「これは――――！」

シプリーの白い足に、黒い痣《あざ》が浮かんでいた。ふたりは顔を見あわせ、こくりと頷《うなず》く。

それはある病《やまい》の特徴だった。突然この黒い痣《あざ》が浮かび、足が動かなくなるのだ。

「母さん、動かないのは両足とも？」

「いいえ、片足だけよ」

そう聞いて、ひとまずほっとする。

ティシアはシプリーの体を支え、椅子に座らせた。


それから、片足が動かなくなったシプリーとの生活が始まった。

これは死に至る病《やまい》ではないものの、自然治癒《ちゆ》は絶対にしないし、治療が遅くなった場合は、後遺症《こういしょう》として慢性的《まんせいてき》な痺《しび》れが残る可能性がある。治すには、王都にしか売っていない貴重な薬草が必要だ。しかしその薬草はとても高価で、村では比較的お金を稼いでるシプリーたちでも、この先五年は働かなければ買えないほどである。

だが、なるべく早く薬を飲まなければ完治できない。

この状況を打開するには、短期間で大金を稼げる仕事に就くしかなかった。

そんな仕事は王都にしかないが、命を狙われている身で王都へ行くのは不安が残る。もしあのときの大臣に見つかったら、殺されてしまうかもしれないのだ。

そう考えると怖くて、決心するのに時間がかかった。それでも、女手ひとつで自分を育ててくれたシプリーのことを思うと、危険を承知で王都に行くしかない。

子供だった十年前と今とでは、見た目がかなり変わっているし、誰にも気付かれるはずがないとティシアは自分に言い聞かせる。

そうして、杖をつきながら歩くシプリーに、ティシアは宣言した。

「母さん。わたし、王都に行くわ。王都でお金を稼いで、薬草を買ってこようと思うの」

「王都に……！　だめよ、危ないわ」

シプリーの顔が真っ青になる。

「大丈夫よ、あれから十年以上経ってるわ。母さんはともかく、わたしは小さかったのよ？　それに……見つからないように対策もしてるでしょ？　わたしがあのときの子供だなんて、誰もわからないわ」

「ティシア……」

「薬さえあれば治る病気なのよ。でも、この村にいたままだと、薬草を買えるお金が貯まるまで、あと五年はかかるわ。そんなに待ったら、薬を飲んでも後遺症《こういしょう》が残ってしまうはずよ」

ティシアは真剣な眼差《まなざ》しでシプリーを見る。

「王都に行けば、ここよりも、もっとお金が稼げるでしょう？　人が沢山いるぶん、調薬師の需要《じゅよう》だって多いはず。王都で頑張れば、すぐに戻ってこられるわ。母さんを残して行くのは不安だけど、早く帰ってくるから！」

安心させるため、ティシアはにこりと笑う。しかし、シプリーは心配そうに眉をひそめた。

「でも……」

「王都にはこの村の何十倍もの人たちが暮らしているのよ？　その中でわたしが見つかるなんて、そうそうないわ。心配ないわよ」

自信満々にティシアは答えた。その様子に、シプリーは大きなため息をつく。

「……わかったわ。心配だけど、あなたは頑固《がんこ》だもの。引き止めたところで、夜中にこっそり出て行ってしまいそうね。わたしが折れるしかないわ。でも、あなたの身を危険に晒《さら》してまで足を治したいとは思わないの。お願いだから、危険なことは絶対にしないでね」

「大丈夫よ、任せて！」

ティシアはシプリーの手をぎゅっと握る。母親の不安げな眼差《まなざ》しと、昔より小さく感じる手の感触に泣きそうになったが、それを誤魔化《ごまか》すように微笑《ほほえ》んだ。

翌日、ティシアはまとまった額のお金を世話代として村長に渡し、シプリーのことを任せて村を出た。

小さなこの村ではみんな助けあって生活しているので、お金などいらないと言われたけれど、こういうことはきちんとしておいたほうが絶対にいい。それに、これから稼ごうとしている金額に比べれば、渡した額はわずかなものだ。

ティシアはまず、規模の大きい隣の村へ行き、王都へ向かう商人の馬車に乗せてもらうことにした。運よく顔見知りの商人に声をかけられたため、ありがたく同乗させてもらう。上機嫌な商人は、道中ティシアに話しかけてきた。

「そういえば、第七王子の噂《うわさ》を知ってるかい？」

「第七王子の噂《うわさ》、ですか……？」

小さい村では王族の噂《うわさ》なんて入ってこない。特に思い当たるものがないティシアは首を傾《かし》げる。

「神様に愛された王子と評判でな。なんでも、殿下に抱いてもらった女には、必ず幸運がやってくるんだと」

抱かれるだけで幸せになれるなんて、そんな都合のいい話があるのだろうか。疑問に思いつつ、続く話に耳を傾ける。

「例えば、貧《まず》しい娘の家の床下からとても高価な骨董品《こっとうひん》が見つかったとか、女官が抱かれた直後に高官に見初《みそ》められたとか。王都では、殿下のことを知らない人はいないぞ」

「そんなに有名な話なんですか？」

にわかに信じがたいが、噂《うわさ》になるだけのなにかはあるのだろうと、ティシアは好奇心を抱いた。

「でも、女官はともかく、貧《まず》しい娘が王子様に抱かれるなんて……」

「なんとか王宮に入って会うことさえできれば、殿下は大の女好きだから、来る者拒《こば》まずらしい。なんでも、昔高熱を出して子種を失ったとかで、お子が作れないお体だそうだ。側室の子だから王位継承順も高くないし、あちこちでご落胤《らくいん》が現れる心配もないと、お偉いさんたちは殿下の放蕩《ほうとう》を見て見ぬふりなんだよ。おかげで殿下は、三十代後半の今も独身だ」

簡単に抱いてもらえて、なおかつ幸せになれるのなら、王都で噂《うわさ》になるのもわかる。しかし、そんなことが本当にありえるのだろうか？

「この噂《うわさ》に興味はあるかい？」

「……ええ、気になります」

怪しいと思いつつも、初めて聞いた王族の話はやはり気になる。

こくりと頷《うなず》くと、商人は布袋から耳飾りを取り出して、ティシアの掌《てのひら》に乗せた。商人がつけているものと同じ形だが、使われている石の色が違う。それに商人は耳飾りを両耳につけているが、ティシアに渡されたのは片耳ぶんだけだった。

「これは……？」

「王宮と取り引きをしている商人に与えられる耳飾りだよ。王宮への通行証の代わりにもなっている。その石の色で、入れる区画が決まっているんだ」

「すごいですね」

耳飾りには繊細な細工が施《ほどこ》されており、偽物を作るのは難しそうだ。ティシアはそれをまじまじと見つめる。

「商売がうまくいったおかげで、王宮の奥まで入れる耳飾りを賜《たまわ》ることができてねぇ……。新しいものを頂いたら、それまで使っていたやつは返さなければいけないんだけど、なくしてしまったと言い訳して、ほら、この通り。なにかの役に立つかもしれないと、くすねておいてよかったよ」

商人は、片目を瞑《つむ》る。

「それを門番に見せれば、簡単に中に入れると思うよ。もし幸せをつかみたいなら、行っておいで。殿下に会えれば、喜んで抱いてくれるだろう」

ティシアは掌《てのひら》の上の耳飾りと商人の顔を見比べた。

「これ、いいんですか？」

「正直に言うと、下心はある。俺のこと、お母さんに宜しく伝えてくれるかな？　お近づきになれるきっかけはないものかと思っていたんだ」

そういえば、この商人は独身だ。シプリーとの結婚が目当てならば、ティシアに優しくしてくれるのも頷《うなず》ける。

「ありがとうございます。これ、使うかどうかはわかりませんが……王都にいる間は、大切にします。あとで、ちゃんと返しますから！　母の足が治ったら、一緒にお礼に行きますね！」

ティシアは耳飾りをなくさないように、大切に懐《ふところ》にしまった。

下心ありきとはいえ、厚意は素直に嬉しい。さすがに不埒《ふらち》な見返りを求められたら断っていたが、「お近づきになれるきっかけ」くらいなら大丈夫だろう。

そうして、馬車は無事に王都へ着いた。村から王都までは遠く離れていると思いこんでいたけれど、予想より早く到着したので驚いた。

商人に別れを告げたあと、ティシアはある場所を探し始める。道行く人にその場所を聞くと、有名な場所らしく、簡単に知ることができた。歓楽街の中でもひときわ大きく、豪奢《ごうしゃ》な建物――それは王都で一番高級な、アラーニャ娼館である。

母親には調薬師として働くと言って村を出てきたが、実はティシアは王都の娼館で働くつもりだった。そのためにお手製の避妊薬も持ってきている。

いくら金回りのいい王都に出てきたところで、調薬師の仕事では目的の薬草を買うのに一、二年はかかるに違いない。しかしここで働けば、もっと早く稼ぐことができるのだ。おそらく、半年もかからないだろう。

そんな訳で、ティシアはアラーニャ娼館で働こうと王都までやってきたのだ。

娼館の門の前には竜や獅子《しし》の銅像が飾られており、その目には宝石が埋めこまれていた。綺麗に磨《みが》かれた岩壁はつるつるで、硝子《ガラス》の窓まである。硝子《ガラス》なんて高価な物は村にはなかったから、ティシアは透明なその板をまじまじと見つめてしまった。

そんな絢爛豪華《けんらんごうか》な建物なのに、門の近くには、娼館に似つかわしくない黒豚が放されている。ティシアは知らないことだったが、黒豚は商売における縁起物で、特に女が関わる商売では、近くに黒豚を飼えば繁盛するという言い伝えがあった。

黒豚はきちんと手入れされているようで、毛並みがよく清潔感がある。人に馴れているのか、どことなく愛想《あいそ》がよかった。食用の豚しか見たことがなかったティシアは、豚も案外可愛い生き物なのだと感心してしまう。

そんなティシアの脇を通り過ぎて、裕福そうな身なりの男たちが吸いこまれるように中に入っていく。

ティシアは美しい外観を堪能《たんのう》してから、門の前にいる店の用心棒らしき男に声をかけた。

「あの、すみません。ここで働くことはできますか?」

すぐに面接用の部屋に通されたティシアは、緊張した面持《おもも》ちで担当者が現れるのを待つ。

アラーニャ娼館は仕事の内容こそ房事《ぼうじ》だけれど、店への借金さえなければ、通常の賃仕事のように、好きな時期に辞められると聞いていた。雇ってもらうには容姿の審査があるそうだが、髪と肌の色が珍しいティシアならきっと大丈夫だろう。

さらに、アラーニャ娼館はかなり稼げる場所であるらしい。村一番の美人が出稼ぎに来て、一財産を築《きず》いて帰郷することも少なくないという。

短期間で大金を稼ぎたいティシアには、うってつけの場所だった。

やがて店主と名乗る恰幅《かっぷく》のいい男がやってくる。銀髪白肌のティシアを見て、穏やかそうな笑みを浮かべた。

「これはこれは……うちで働きたいのかい？」

店主の問いかけに、ティシアははっきりと「はい」と答える。

「うちの仕事、わかってる？　ここに来るくらいだ、お金に困ってるんだろう。でも、あんたほどの器量があれば、お金持ちが嫁にもらってくれるんじゃないか？　なんだったら、個人的に紹介してもいい」

銀髪白肌の娼婦がいれば店は儲《もう》かるだろうに、わざわざ違う道をティシアに示してくれるこの店主は、人がいいに違いない。

この人ならば、ティシアの事情をわかってくれるだろう。

「いいえ、わたしは訳あって結婚ができません。それに、すぐにお金を稼ぐ必要があるのです。実は――」

ティシアは母親の病《やまい》のことを話した。急いで稼ぎ、早めに故郷に戻りたいと告げると、店主は腕を組んで深く頷《うなず》く。

「なるほどねぇ……。短期間でお金を稼ぐには、うちは最適だろう。でも、ここがなにをする場所か知らない訳じゃないだろう？　それとも、色事が好きだったりする？」

「……っ」

ティシアは声を詰まらせた。

確かに性交に興味はあるものの、経験があるわけではない。なんと返答するべきか悩んだあと、正直に口にする。

「すみません……そういった経験がないのは、この店では価値のあることでしょうか、それとも価値が落ちることなのでしょうか？」

そう訊《たず》ねたティシアに、店主は驚いたように目を見開く。

「そんなに綺麗なのに、経験ないの？　あんた、モテるでしょう？」

「誘われたことはありますけど……その、付きあうこともできなくて」

「うーん、処女か……。本来なら高値がつくんだけどねえ……」

店主は難しい顔をしている。

「いやね、うちはすぐに辞められるから、お金目的で娼婦になりたいって来る処女の子は多いんだ。でも、いざ仕事となると、怖くなって逃げようとする子がかなりいて、そのたびに他の子を用意しなくちゃいけないんだよ。うちとしては、いくら高値がつくとはいえ、店の信用に関わるから危険は冒《おか》したくなくてね。最近では、処女の子はとらないようにしているんだ」

「わたし、逃げませんから！」

「そう言ってた子が、連続でダメでねぇ……。そうならないまでも、恐怖で大泣きしてお客さんを萎《な》えさせたりとか。困るんだよね、そういうの」

「そんな……」

ティシアは、処女が理由で雇ってもらえないなど予想もしておらず、困惑する。

「しょ、処女でさえなければ、いいのですか？」

「純潔を捨てて腹をくくった子はよく働いてくれるからね。うちとしては歓迎するし、あんたの容姿なら雇うのに問題もない。でも、アテはあるのかい？」

「そ、それは……」

昔は王都にいたとはいえ、子供の頃なので、知り合いなどなきに等しい。一度村に戻って誰かに抱いてもらうというのも、シプリーの耳に入ったら大事《おおごと》になるだろう。

この王都で、見ず知らずの女を抱いてくれる男と出会う方法はないか。そう考え始めたところで、ティシアはあることを思い出した。――来る者拒《こば》まずの、大の女好きだという王子のことを。

ティシアを捜しているかもしれない大臣のことを考えると王宮に行くのは危険だが、こうなったら王子に頼むしか方法はあるまい。

「あの、これっ！」

ティシアは商人から受け取った耳飾りを店主に見せる。店主はそれを見て、目を瞠《みは》った。

「おお、この耳飾りは……！」

「これがあれば王宮に入れるって聞きました。なんでも、第七王子に会えば抱いてもらえるとか……」

「確かに、この耳飾りを見せれば王宮に入れるだろう。第七王子の噂《うわさ》は知っているのかい？」

訊《たず》ねられて、ティシアはこくりと頷《うなず》く。

「殿下は三十過ぎてもなお、お盛んだからねぇ。どんな娘でも断らないという話だし、あんたの容姿なら喜んで抱いてくれると思うよ」

商人が言っていた通り、王子は来る者拒《こば》まずらしい。ティシアは表情をぱっと輝かせた。

「それに、殿下の噂《うわさ》は本物だ。大なり小なり、抱かれた娘はみんな幸せになっている。うちの娼婦でも抱かれた子がいるんだよ。その子は博打《ばくち》で大勝ちして、今では自分の店を持っている」

「そうなんですか……！」

ティシア自身はいまだに半信半疑だ。しかし、こう立て続けに本物だと聞くと、期待する心が芽生えてくる。

「殿下ならお上手だろうし、なにより顔がいいからね。初めてが素敵な経験になれば、娼婦として頑張れるんじゃないかい。処女を散らしてまでここで働きたいというなら、うちも安心して雇える」

「じゃあ、早速行ってきます！」

「いや、ちょっと待ちなさい」

光明《こうみょう》が見えたと、勢いよく立ち上がろうとしたティシアを、店主が止める。

「そんなに焦《あせ》らないで。そういう目的で王宮に行くのなら、夜がいい。昼間行ったところで、殿下は政務中だろうしね。あんたも村から出てきたのなら、疲れたろう？　夜まで、うちで休むといい」

「いいんですか？」

「もちろん。あんたは、うちで働くかもしれない子だからね。夜まで過ごして、よく考えるといい」

「ありがとうございます！」

店内を案内してもらったあと、ティシアは食堂で娼婦たちと同じ夕食を食べた。この仕事は体力がいるからか、量がかなり多く栄養価の高いものが多い。

娼婦たちにとってはいつもの食事だったようだが、村では年始の祭りでさえ食べられないほどのごちそうに、ティシアは感動してしまった。この食事を毎日食べられるのなら、この店でぜひ働きたい。

食事が済むと、「そろそろ行ってもいいだろう」と店主が送り出してくれた。

ついでに、店の用心棒も紹介される。彼らは昼夜問わず交代制で門の前にいるようで、目的を果たして戻ってきたら、いつでも店の中に入れてくれるという。

ティシアは耳飾りをつけ、王宮へ向かった。道順も聞いていたが、王宮は遠くからでもわかるくらい大きい建物なので、迷うことはない。

王宮に近づくにつれ、道は綺麗になっていくけれど、喧噪《けんそう》はなくなっていく。自分の足音が、やけに大きく聞こえる気がした。

見えてきた立派な門の前には、槍を携《たずさ》えた門番が立っている。彼らは近づいてくるティシアを警戒しているようだ。

話せる距離にまで近づくと、ティシアよりも先に、門番が口を開いた。

「こんな時間に、なにか用ですか？　女官のかたでしたら、証《あかし》を見せてください」

「あの、女官ではないのですが……」

そう言ってティシアは銀髪をかきあげた。耳には、商人に貸してもらった耳飾りが揺れている。

「商人のかただったのですね。しかし、こんな時間に商談ですか？　相手はどなたでしょう？」

耳飾りを見せるだけで、訝《いぶか》しんでいた門番の顔が一変した。

しかし、相手はと聞かれても、ティシアは商談に来た訳ではない。彼女の目的は――

「あの、第七王子に会いたいのですが……」

「ああ、そういうことですか。……どうぞ、お入りください」

「えっ」

「殿下は、あちらの離れの建物にいらっしゃいます」

商人も娼館の店主も言っていた通り、ティシアはあっけなく中に通された。いくら耳飾りの効果があるとはいえ、驚いてしまう。門番もこういうことに慣れているのだろうか。

王子がいると言われた離れは、門から少し入っただけの所に建てられていた。本宮《ほんぐう》に比べると新しそうな建物だが、かなり小さい。

ティシアは中に入る。見たところ、出入り口はここ一ヵ所だけだ。もしくは、王子専用の出入り口がどこかにあるのかもしれない。

建物の中はこざっぱりとしていた。調度品などもアラーニャ娼館のほうが華美なぐらいだったが、代わりにおごそかな雰囲気がある。

さて、無事に入ったはいいものの、肝心の王子がどこにいるのかわからない。

辺りを見回しながら、ティシアは緊張していた。

相手はこの国の王子だ。いくら気軽に会えるとはいえ、粗相《そそう》をしてしまったら、首を刎《は》ねられるかもしれない。

早鐘《はやがね》を打つ胸を押さえていると、ティシアのほうに近づいてくる足音が聞こえてきた。

「……っ！」

突き当たりの曲がり角から、長身の男が現れる。

彼は長く黒い髪を緩やかに三つ編みにし、その上から白い布を被っていた。切れ長の瞳は金色かと思うような綺麗な蜂蜜色で、顔立ちも美しい。腰には、立派な曲刀《シャムシール》を携《たずさ》えていた。

ティシアは彼に視線を奪われてしまう。

が、すぐに気をとり直し、男をよく見つめると、白い布に飾り布が巻かれていた。この国の飾り布には一部の者しかつけられない特別な色がある。王族が式典のときにつける金色と、王族または大臣のような高位職の者が日常的に身につける紫だ。男は、紫の飾り布を頭につけていた。

第七王子は三十代後半だと聞いていたけれど、彼は二十代にしか見えない。とはいえ、実際の年齢より若く見える人は多いし、紫の飾り布を身につけていることを考えれば、彼が第七王子なのだろう。

「王子様！」

ティシアがそう声をかけると、彼は「なんだ」と返事をした。

たおやかな声だった。甘く蕩《とろ》けそうな、蜂蜜のごとき声。たった一言聞いただけでも、胸が高鳴る。

ティシアは男に駆け寄ると、跪《ひざまず》いて石床に額《ひたい》をつけた。

「どうか、わたしを抱いてください！」

震える声で懇願《こんがん》すると、男は大きなため息をついた。

「見ない顔だな。そなたは、私を誰だかわかっていて言っているのか？」

「はい、第七王子様」

「そなたも妙な噂《うわさ》を信じているのか」

頭上から、さらにため息が聞こえてきた。そして、彼は冷たく言い捨てる。

「断る」

商人も店主も、第七王子は女好きで来る者拒《こば》まずと言っていた。

まさか断られるとは思っていなくて、ティシアは動揺する。

「ど、どうしてですか……？」

「少し前に抱いた女に病《やまい》をうつされてな。完治したが、それ以来、処女以外は抱かないと決めたのだ」

なるほど、性病の類《たぐい》をもらってしまったのかと、病気の知識があるティシアはピンときた。間の悪い時期に来てしまったみたいだが、運のいいことにティシアは処女である。

「ご安心ください、わたしは処女です」

頭を下げたまま伝えると、彼の動揺する気配が伝わってきた。

「なに、処女だと？　……顔を上げてみろ」

「はい」

ティシアは顔を上げ、彼を見つめる。

「顔立ちもいいし、珍しい銀髪白肌だ。——そなたは、本当に処女なのか？」

「今すぐに証明する術《すべ》はございませんが、じきに明らかになるでしょう。もし嘘をついていたとわかれば、お持ちの曲刀《シャムシール》でわたしを切ってくださっても構いません」

紛《まぎ》れもなく処女なのだから、強い眼差《まなざ》しでそう答えた。

「なるほど……。では、どうして純潔を捧げてまで、私に抱かれようとするのだ？　嘘か真かわからぬ噂《うわさ》よりも、そちらのほうが価値があるだろうに」

「実はお金が必要になり、娼館で働こうとしたのですが、その娼館では処女は雇えないというので、その……」

「なんと。そなたは第七王子のもたらす幸運目当てではなく、娼館で働くために、この私を利用しようというのか」

「そ、それは、その……！」

まったくもってその通りなのだが、それでは王子に対して失礼すぎるとティシアは焦《あせ》る。しかし彼は、愉快そうに口元に笑みを浮かべていた。

「そなたは、私のもたらす幸運には興味がないのか？」

彼に訊《たず》ねられて、首を横に振る。

第七王子に抱かれれば幸せになれるという噂《うわさ》には、まだ半信半疑だ。かといって、処女を捨てるためだけに抱かれにきたと正直に伝えるのも、はばかられる。

「興味はあります。しかし、盲信《もうしん》するのではなく、王子様に抱いて頂いたことで、娼婦として働く際の心の拠《よ》り所《どころ》になればいいと思ったのです」

王子の機嫌を損ねないよう、ティシアは慎重に言葉を選んだ。

もっとも、その言葉の全てが嘘という訳ではない。彼を一目見て、素敵な男だと思った。彼に最初に抱いてもらえれば、素敵な思い出として心に残るだろう。

「心の拠《よ》り所《どころ》？　幸運そのものではなく、それだけを望むのか？」

「はい、それだけで十分でございます。初めて自分を抱いた人が王子様であらせられるというならば、一生の思い出になります」

ティシアは真っ直ぐな瞳で彼を見つめ返した。

幸運を求めている訳ではないと、伝わったようだ。冷たかった彼の相貌《そうぼう》に優しさが宿る。

「そなたの名は？」

「ティシアと申します」

「ではティシアよ。そなたほどの器量を持ちながら、娼館で働かねばならぬ理由はなんだ？　体を差し出さずとも、そなたのために金を出す男はいくらでもいるだろう」

多少容姿がいいだけでお金がもらえるなら苦労はしない。そう心の中で思いつつ、ティシアは答えた。

「わたしは王都ではなく、ここから遠い小さな村に住んでいます。みんな生活に困ってはいませんが、他人にお金を施《ほどこ》すほど余裕がある訳でもありません。そして、わたしの母が病気になり、高価な薬草を買うために大金が必要なのです」

ティシアが母の病状と薬草の名を告げると、彼はぴくりと片眉をはね上げた。

「なるほど、その薬草を求めるなら、確かに娼館で働かざるをえまい」

どうやら薬草のことを知っているようだ。王子としてさまざまな教育を受けているのだろうが、まさか薬草とその価値まで知っているなんてと、ティシアは驚く。

「そなたの事情はわかった。そういうことならば抱いてやろう。ついてまいれ」

そう言って、彼は歩き始めた。

「ありがとうございます！」

ティシアは再び頭を下げると、すぐに立ち上がって彼の後ろに続いた。

こぢんまりとした離れは部屋数も少ない。しばらく歩いたあと、彼はその中のひとつにティシアを連れて入る。部屋の中を見て、ティシアは思わず声を上げた。

「わぁ……！」

そこは王宮に相応《ふさわ》しい豪華さだった。調度品の値段はわからないけれど、とにかく高そうだということだけは察せられる。

部屋の中央には大きな寝台が置いてあった。天蓋《てんがい》から垂らされた絹が窓から吹きこんでくる風に揺れる様《さま》が美しい。

こんな素敵な部屋で、王子と初めての経験ができるなんて、一生の思い出になりそうだとティシアは感動する。

そんな彼女をよそに、彼は寝台の上に腰かけると、こちらに手を伸ばしてきた。

「さあ、こちらへ」

「はい。王子様のお慈悲に感謝いたします」

ティシアは緊張した面持《おもも》ちで彼に近づいていく。

「あまりかたくならずともよい。最初は断ろうと思ったが、そなたを抱くと決めたのは私だ。できる限り優しくしよう」

男らしい筋ばった褐色《かっしょく》の手が、ティシアの白く細い腕をつかんで引き寄せた。鍛《きた》えられた胸板に顔が埋まり、どきりとする。

「さて、生娘《きむすめ》だとは既に聞いたが、接吻《せっぷん》くらいはしたことがあるのか？」

銀の髪を撫《な》でながら、彼が問いかけてきた。

「いえ、ありません……」

「なに？　接吻《せっぷん》もまだなのか。そなたの容姿は男を惹《ひ》きつけるだろうに、なぜだ？　男が嫌いか？」

「周りにいたのは、わたしの容姿しか見ていない男ばかりだったのです。誰も中身までは見てくれなくて、そういう気分になれませんでした」

「なんと。まだ少ししか会話を交わしていないが、私はそなたの姿勢に好感を持った。噂《うわさ》の王子を前にして、幸運ではなく心の拠《よ》り所《どころ》を望むという心意気が気に入ったからこそ、抱いてもいいと思ったのだ。母親のために娼婦になるというのも健気《けなげ》である。その容姿と処女が自慢というだけでは、私の心は動かなかったぞ」

彼はティシアの顎《あご》に指をかけると、人差し指で唇をなぞる。

「さて、娼婦に接吻《せっぷん》してはいけないという決まりが娼館にはあるようだが、律儀《りちぎ》に守る客ばかりではない。どうせなら、私に奪われてしまえ」

「……っ」

彼の顔がゆっくりと近づいてくる。口づけられることが嫌ではなかったティシアは、そっと瞳を閉じた。

そう、初めての口づけも、客に奪われるよりは、格好いい王子にしてもらったほうがいいに決まっている。これで口づけも情交も、ティシアにとって一生の記念になるだろう。

「ん……」

少しだけかさついた唇が重ねられる。

男の唇というのは、想像よりもかたかった。唇が触れただけなのに性別の差を感じて、胸がそわそわする。

角度を変えながら、何度か軽い口づけを交わしたあと、彼の舌先にぺろりと唇を舐《な》められた。

「あっ、んうっ――」

くすぐったい感触に思わず声が漏《も》れると、唇の隙間を割って彼の舌が滑《すべ》りこんでくる。

「んっ……！」

彼のざらついた舌がティシアの舌に絡められた。

濡《ぬ》れた舌同士が擦《こす》れあうと、ぞくぞくとしたものが体の奥からこみ上げてくる。それと同時に、心地よい浮遊感に包まれた。

口づけなんて、唇が重なるだけだと思っていた。それなのに、こんなにも心と体が乱されるなんて。

「んっ、んむっ……」

彼の濡《ぬ》れた舌がティシアの口内を蹂躙《じゅうりん》していく。

執拗《しつよう》に絡みついてきたかと思えば、優しく舌先でつついてきたり、歯列をなぞったり、舌の根まで強く吸いついてきたりした。その動きのひとつひとつに翻弄《ほんろう》される。

彼の手はティシアの肩を撫《な》でながら、胸元へ伸びた。

「んうっ」

上衣ごしに、ゆるゆると胸を揉《も》まれる。ティシアのそれは小さくないにもかかわらず、彼の大きな手にすっぽりとおさまってしまった。

優しく揉《も》みしだかれると、先端の突起が服の内側から存在を主張し始める。

「つ、はぁ……」

尖《とが》った部分を掌《てのひら》で刺激されると、甘い痺《しび》れが体を突き抜けていく。上衣を脱がされ、胸が露《あら》わになった。

「可愛らしい胸だ。反応もいい」

そう言って、彼は両手でティシアの胸を揉《も》む。

下からすくい上げるように、はたまた前から押し潰《つぶ》すように、彼は動きを変えながら胸を弄《もてあそ》ぶ。

胸なんて体を洗うときに自分で毎日見ているけれど、こんなにいやらしいものだったのかと、ティシアは赤面した。

やがて、彼の指先が胸の先端をつまむ。

硬くなった部分をこりこりと指先で転がされて、お腹の奥がむずむずしてきた。触れられれば触れられるほど、体が熱くなっていく。

「んうっ、ん……！」

「硬くなってきたな」

彼は笑うと、片方の乳首を口に含んだ。

「ああっ！」

硬くしこったその部分にざらついた舌が絡みつき、初心《うぶ》な体に愉悦《ゆえつ》が広がっていく。同時に、肌

がしっとりと汗ばんでいった。

「あっ、――っはぁ、ん……」

自分でも驚くような甘ったるい声が、唇から零《こぼ》れ落ちる。

「そなたは声も美しいのだな」

乳首を咥《くわ》えたまま話すので、先端がじんじんと疼《うず》いた。白い肌が桜色に染まっていく。

ティシアの声と、ぴちゃぴちゃと胸を舐《な》める音が部屋にこだまする。

「はぁ、あ……」

彼の唇が離れると、唾液で濡《ぬ》れた部分が外気に触れた。全身は熱いのに、胸の先端だけがひやりとして、体が揺れる。

「ティシア」

名前を呼びながら、彼はティシアを寝台に押し倒した。高級そうな布団は上質なもので、体が柔らかく沈む。

そのまま彼は下衣《シャルワール》に手をかけてきた。ティシアが軽く腰を上げると、薄い生地でできたそれは、あっさりと脱がされてしまう。

この国の女は、月の障《さわ》りのとき以外は下衣《シャルワール》の下になにも穿《は》かないのが普通なので、すぐにティシアの下肢が露《あら》わになった。

自分から頼みこんだ訳だが、いざ誰にも見せたことのない部分を暴《あば》かれた途端、羞恥《しゅうち》がこみ上げてくる。ティシアはぎゅっと瞳を閉じた。

「恥じらう姿も可愛いのだな」

彼は笑いながら、ティシアの薄い下生《したば》えを撫《な》でた。ぞわりと、肌が粟立《あわだ》つ。

「ここも見事な銀色だ。月明かりに照らされて、きらきらと美しい」

彼に触れられるのが恥ずかしくて、ティシアは目を瞑《つむ》ったままじっと耐えた。

しばらくすると、ようやく奥へ指が伸ばされる。秘裂に滲《にじ》んでいた蜜が、ぬるりと彼の指にまとわりついた。

「ああ、ちゃんと濡《ぬ》れているようだ」

「ひうっ！」

細長い指で蜜口を擦《こす》られると、強い快楽にティシアの全身が強張《こわば》る。

「どれ、もう少し足を開きなさい」

言われた通り、足を開いた。すると、彼は指先ではなく、掌《てのひら》全体を秘処に押し当ててくる。

「んうっ！」

大切な部分を温かい掌《てのひら》に包みこまれる感触に、ひくりと腰が揺れた。

掌《てのひら》をぐりぐりと押し当てられ、まるで按摩《あんま》されているみたいだ。それは優しい快楽で、体の力がだんだん抜けていく。

ティシアはぎゅっと閉じていた瞳を、うっすらと開いた。

「そうだ、力を抜いて。大丈夫だ、私に任せろ」

ティシアの強張《こわば》りが解けたのを見ると、彼は指先を蜜口にあてがってきた。強い快楽が体を突き抜けていく。

奥からどんどん溢《あふ》れてくる蜜が彼の手を濡《ぬ》らし、その指がくいっと中に入ってきた。

「あっ！」

挿《い》れられたのは、ほんの指先だけだった。それでも強い異物感があり、思わず眉根を寄せる。

「痛むか？」

彼は指の動きを止めると、気遣うように声をかけてきた。

「いえ、ちょっと変な感じがするだけで……」

「ここから先は、少々痛むかもしれないな。しかし、しっかりと慣らしておかないと、そなたが泣くことになる。少し我慢してくれ」

「は、はい……」

ティシアが頷《うなず》くと、彼の指が進められる。奥に入っていくにつれ、異物感は痛みへと変わっていった。引きつるような痛みに、つい苦しげな声を上げてしまう。

「――っ、く……ぅ」

「息を止めるでない。ゆっくり呼吸をするように」

そう言われて、ティシアは呼吸に集中した。痛みを逃《のが》そうと、脳内で『吸って、吐いて』と言葉を反芻《はんすう》する。

「そうだ、うまいぞ」

彼の指が、内側をほぐすように動く。痛みを感じるたびに体に力が入ってしまうけれど、ティシアはなんとか深呼吸をして力を抜いた。

「随分と狭いな……これが初物《はつもの》か。これでもかと、しめつけてくる」

彼はぽつりと呟くと、秘処に顔を寄せた。そして、蜜口の少し上にある花芯《かしん》を舐《な》め上げる。

「ああっ！」

痛みとはまた別の、びりびりと体が痺《しび》れるような感覚に、ティシアの腰が浮いた。ぎゅうっと彼の指をしめつける。

「痛いだけでは辛いだろう？　快楽も与えてやる」

彼は指を動かしながら、花芯《かしん》を舐《な》める。ざらついた舌先で転がされるたび、秘芽《ひめ》はしこり、大きくなっていった。

「はぁ……ん、ああっ、ゃ……あ」

いつのまにか、痛みはなくなっていた。

代わりに、今まで経験したことのない感覚がティシアを襲い、唇からどんどん嬌声《きょうせい》が溢《あふ》れた。

「もう一本、増やすぞ」

彼は二本目の指をティシアの中に挿《い》れた。狭い場所を拡《ひろ》げられ、再び痛みに襲われる。

しかし、すぐにその痛みを上書きするような快楽を与えられた。花芯《かしん》を強く吸われたのだ。

「っん！」

彼の口内に誘われた小さな蕾《つぼみ》を甘噛みされる。痛かったはずの蜜壺は脈打ち、奥からどっと蜜が溢《あふ》れ出てきた。

「やぁ……ふぁ、んぅ」

秘芽《ひめ》を刺激されるたび、快楽の波が打ち寄せてくる。高みに押し上げられていく感触に、ティシアは戸惑った。

「あっ、な、なんか、おかしいです……。だめっ、あぁっ、変なの……っ」

「達しそうなのか？」

「んっ、わ、わから、ない、です……っんぅ」

達するという経験をしたことがないから、実際にどんな感覚なのか知らない。

しかし、恐ろしいほどの快楽に体が呑みこまれていく気がした。

「大丈夫だ、そのまま身を任せろ」

彼は再び花芯《かしん》を強く吸う。そして、熱くなったティシアの中を指で探った。既に痛みはなく、快楽だけが体を支配していく。

「やっ、もう、わたし……っ、あ……あああっ！」

ティシアは背中を大きく仰《の》け反《ぞ》らせた。

びくびくと体が震え、彼の指をしめつける。肉壁はうねり、さらなる蜜が溢《あふ》れ出て、彼の手首まで流れていく。

「達したようだな」

彼はそう言うと、ゆっくり指を引き抜いて、己の服を脱ぐ。彼の中心では、赤黒いものがそそり勃《た》っていた。

「はぁ、はぁ……あ――」

達したばかりで、独特の浮遊感に包まれていたティシアは、蜜口に硬いものを押し当てられる感触に目を瞠《みは》った。

「そなたの初めてを、もらい受ける」

そう言うと、彼は腰を進めていく。隘路《あいろ》を拡《ひろ》げられる感触は、指を挿入されたときとは比にならない痛みだった。

「――っ！」

快楽は一気に霧散《むさん》し、痛みだけが体を支配する。

「ううっ……」

「……くっ、これでは食いちぎられそうだ。ティシア、力を抜け。呼吸だ。――はぁ、……っ、ゆっくり、呼吸をしろ」

彼は腰の動きを止め、ティシアの太股をあやすような手つきで撫《な》でた。

「はぁ、っ、はい……、はぁっ、ん」

ティシアは意識して呼吸をしようとする。しかし、経験したことのない痛みのせいか、どうしても体に力が入ってしまい、涙目になった。

「ティシア」

彼はティシアをじっと見つめ、敷布の上に広がった銀色の髪を一房すくい上げる。

「美しい」

「……っ、え……？」

うまく力を抜けないことを責められると思いきや、突然褒められて、ティシアは驚いた。

「この白い肌はまるで陶器のようだ。紫色の瞳も宝石のごとく輝いている。この銀の髪も美しい」

彼はすくい上げた髪に口づける。

「だが、ティシアが美しいのは外見だけではない。そなたの全てを知った訳ではないが、不幸な境遇を嘆《なげ》くのではなく、前を向いて懸命に生きている――そなたの内側が輝いているからこそ、外見も美しく見えるのだろう」

「……っ！」

じわりと、心の中が温かくなった。外見を褒められることは今までもあったけれど、こうして内面を褒められたことはない。だから、とても嬉しい。

痛みはまだ消えないけれど、心がときほぐされ、体の力が抜けていく。

「進むぞ。私を奥まで受け入れてくれ」

そう言うと、彼は止めていた腰を再び前へ進めた。

「んうっ！」

激しい痛みが体を襲うが、今度はきちんと呼吸ができるし、力《りき》みを逃《のが》すこともできる。

彼のくれた言葉が嬉しくて、何度も何度も頭の中で繰り返した。王子に褒めてもらえるなんて、身に余る光栄だ。

やがて、彼のものは最奥まで到着し、こつんと奥を穿《うが》たれる。

「——ッ、は……、頑張ったな」

彼は微笑《ほほえ》み、ティシアに口づけた。その唇の感触に、胸が高鳴る。

第七王子に抱かれた者には幸運が訪れると聞いていたけれど、ティシアはもう十分すぎるほど幸せだった。

格好よくて優しい王子に、外見だけでなく中身まで褒められながら抱かれて、嬉しく思わない女はいないだろう。

「んうっ……」

ティシアは彼を求めるように、自《みずか》ら舌を伸ばした。ぴくりと彼の肩が揺れたが、すぐに彼は自《みずか》らの口内にティシアの舌を導き、唾液ごとすすってくる。

ゆっくりと、彼の腰が動き始めた。体はまだ痛むけれど、内側をよくほぐされたからか、楔《くさび》は抵抗なくティシアの中を行き来する。

「はぁ、ん……」

口づけが深くなるたびに、妙に胸がどきどきする。この高鳴りの理由がわからない。恋というには、彼のことを知らなすぎるのだ。

けれど、彼がティシアにとって嬉しい言葉を与えてくれる素敵な男だということは、わかっていた。

「王子様……、んっ、嬉しい……」

唇が一瞬離れた隙に、素直な気持ちを言葉にする。彼に抱かれていることが、とても幸せだ。

「――っ！」

彼は驚いた顔をしたあと、またすぐに唇を重ねてくる。貪《むさぼ》るような激しい口づけで、ティシアの口内は彼の舌に蹂躙《じゅうりん》される。

「んっ、ん……！」

腰の動きも速くなり、がつん、がつんと奥を穿《うが》たれる。痛いけれど、激しくされると余計に胸が高鳴った。

「あっ、あ……」

「ティシア……！」

何度も何度も穿《うが》たれて、なにも考えられなくなっていく。

ずくんと、体の中で彼のものが一回り大きくなった気がした。彼は咄嗟《とっさ》に腰を引く。

「――っ、あ……」

引き抜かれたそれは、打ち震えながらティシアの腹の上に白濁をまき散らした。熱い飛沫《しぶき》が、柔らかな肌の上に広がっていく。

出し終えた彼は、大きく息をついた。ティシアは何気なく指を伸ばして、腹の上の子種を触る。

それは、粘性《ねんせい》のある液体だった。

「……」

ティシアは指についた精をじっと見つめ、切なげに目を細めた。

「どうした？　痛むのか？」

気遣うように、彼が声をかけてくる。

「いいえ……ただ、娼館で働いたら、この体は沢山の男の精を受け入れることになります。そうなる前に……一番初めに、王子様の精を受け入れたかったと、少しだけ残念に思えてしまって」

ティシアは正直に答えた。

第七王子は子供ができない体質だと聞いていたので、てっきり中に出されると思っていた。だから、外に出されたことを悲しく感じてしまったのかもしれない。

ティシアの処女を散らしたのは紛《まぎ》れもなく彼であるけれど、どうせなら中まで彼のもので満たして欲しかったと思った。

娼館で働くために抱かれにきたというのに、どうしてそんな風に思ってしまうのか。自分でも分からないが、体の外に放たれた精を見ると胸が切なくなるのだ。

やや気まずそうに、彼が口を開く。

「そうか……それは、悪いことをした。これは、その……私に子供ができることはないはずだが、万が一、王族の子供ができたと後から訴えて来られては困ると思ってな。念のために外に出してしまった」

「ああ、それで……」

残念だけれど、彼には彼の事情があるのだし、王子という高貴な人に抱いてもらえただけで幸せだ。気を取り直して、ティシアは微笑《ほほえ》む。

「変なことを言ってしまい、申し訳ございません。そして、抱いて頂きありがとうございました。おかげさまで、娼婦になることができます。今日のことを胸に、娼館で頑張って働こうと思います」

痛かったけれど気持ちよさもあったし、なにより彼は素敵な男である。いい思い出をもらった。

ティシアは身を起こすと、両手をついて頭を下げる。これで終わりだと思ったそのとき、彼が話しかけてきた。

「ティシア、顔を上げて、手を出してみろ」

「……え？　はい」

意味がわからないが、ティシアは言われた通りに手を差し出す。彼はその白い掌《てのひら》をよく眺めた。

すると、ぴくりと片眉が上がる。

「これは……！」

「ど、どうかしましたか？」

「……そうか、これが運命というものか」

彼はくつくつと嬉しそうに笑う。

手がどうかしたのだろうかと、ティシアは小首を傾《かし》げた。

「ティシアよ、時間は大丈夫か？」

「はい」

「それでは今から、再びそなたを抱く。今度はきちんと中に出し、溢《あふ》れるまで注《そそ》いでやろう」

「えっ……！」

まさか二回目があるとは思ってもいなかったティシアは、驚きのあまり言葉を失った。

彼が頭の布を取り、結っていた髪を解《ほど》くと、艶《つや》やかな黒髪が広がる。

「好きなだけ、乱れるがよい」

言うが早いかのしかかられて、ティシアの体は再び寝台に沈んだ。

「んうっ……」

唇が重ねられ、うっとりと瞳を閉じる。唇を開くと彼の舌が滑《すべ》りこんできた。

「はぁ、ん」

終わりだと思っていた時間に続きを与えられ、ティシアの胸が高鳴る。

処女を散らすという目的は、既に果たした。それでも、もう少しだけ彼と抱き合えることを、嬉しく感じてしまう。

「ふぅん、あぁ……」

長い口づけのあと、彼の唇が離れていく。うっとりと目を開くと、視界に入ってきた彼の眼差《まなざ》しからは優しさが消え、鋭くティシアを見つめていた。まるで、獲物を狙う肉食獣のようだ。

「……っ！」

先ほどまでとはがらりと変わった雰囲気に、思わずおののいてしまう。無意識のうちに腰を引くと、彼にがっしりと押さえこまれた。

「逃がさぬ」

彼はティシアの膝を割り開き、昂《たか》ぶったままの怒張《どちょう》を中に埋めこんできた。

「あっ、あぁあ……」

先ほど交《まじ》わったばかりなので、強い抵抗もなく一気に奥まで迎え入れてしまう。

「この胎《はら》に私の精を受け入れたいと言ったのは、そなただぞ？　逃げることは許さぬ」

彼は奥まで突き挿《い》れたまま、ティシアの臍《へそ》の下を撫《な》でる。

「私の気が済むまで、ここに、何度も注《そそ》ぐぞ」

「な、何度も……？」

一回では終わらないことを示されて、ティシアは目を瞠《みは》る。

「まさか、一度だけで終わるとでも思ったのか？　そんなはずはなかろう。私を煽《あお》ったのはそなただ。この昂《たか》ぶりがおさまるまで、付きあってもらおう」

そう言うと、彼は腰を揺さぶってきた。先端のくびれた部分が奥のほうを擦《こす》る感触に、ティシアは背中を仰《の》け反《ぞ》らせる。

「あぁっ！」

「なるほど、ここがいいのか？」

ティシアが特に反応した部分に、彼は執拗《しつよう》に熱いものを擦《こす》りつけてくる。

粘膜が擦《こす》れあい、全身が快楽に侵食されていった。蜜口は強請《ねだ》るように彼をしめつける。

「ここは、私の精が欲しくてたまらないようだ」

結合部を眺めながら、彼は口元を緩めた。

「ここも触れて欲しそうに、赤く膨《ふく》らんでいる」

そう言うと、彼は蜜口の少し上にある秘芽《ひめ》に触れた。強い快楽が背筋を走る。

「んっ！」

二本の指でつままれ、軽く引っ張られたせいで、ティシアの奥からどっと愛液が溢《あふ》れてきた。その状態で奥を穿《うが》たれると、なにも考えられなくなる。

「ま、待って、お願いです……っ、んうっ！」

たまらず首を横に振り、指を離してもらう。

「どうした？　同時に責められると、感じすぎるか？」

「はい……」

ティシアはこくこくと頷《うなず》いた。しかし、彼は口角を上げ、意地の悪そうな笑みを浮かべる。

「感じすぎるのは悪いことではない」

「えっ？　……っ、ぁああ！」

彼は再び、秘芽《ひめ》を指先で弄《もてあそ》び始めた。同時に小刻みに腰を揺らされて、足ががくがくと震える。

「ひうっ、あ……！」

強すぎる快楽から逃《のが》れる方法がわからない。ティシアにはどうにもできず、彼自身にやめてもらうしかないようだ。

「あっ、あの……口づけが、んうっ、欲しいです……っ」

口づけにさえ感じてしまうけれど、敏感《びんかん》な秘芽《ひめ》に触れられるときの激しい快楽よりはましだ。

唇を重ねながら触れるのは難しいはずだと思ったティシアは、薄く唇を開いて彼に強請《ねだ》る。

「なるほどな」

彼はそう言うと、一度秘芽《ひめ》から手を離して、口づけをしてきた。すぐに唇をこじ開けられて口内を貪《むさぼ》られる。

「んむっ、ん！」

彼の舌に口内を探られると、ぞくぞくとした感覚がこみ上げてきた。

それでも先ほどよりは楽になった、と思った次の瞬間。

「んーっ！」

彼の手が、再び下腹部に伸びてきた。そして、秘芽《ひめ》に指をあてがわれる。

「んっ、んむっ、ん！」

深く口づけられ、ティシアは言葉を紡《つむ》ぐことができない。

彼の指は秘芽《ひめ》に触れているだけだが、熱杭が中を擦《こす》るとティシアの腰も揺れ、そのせいで自《みずか》ら指に押し当ててしまうかたちとなる。

彼は激しく動いてきた。強い快楽の波に呑まれたティシアは、絶頂を迎える。

そうして、ようやく彼の唇が離れていった。

達した余韻《よいん》で腰が震えてしまい、ティシアは彼の怒張《どちょう》を強くしめつける。すると、彼のものが中で跳ね、精を吐き出した。自分の中が満たされていく感触に、ティシアはさらなる悦楽を覚える。

「つあぁ、……ん、これ、気持ちいい……」

思わずそう呟くと、精を吐き出して小さくなりかけた彼のものが再び膨《ふく》らんだ。

「ひうっ！」

「中に出されるのが気持ちいいだと……？　そなたは、男を喜ばせるのが実にうまいな。けっこうなことだ」

先ほどまでの激しい動きと打って変わって、今度はゆっくりと抽挿《ちゅうそう》された。まるで精を内壁に塗りつけられるような感触に、ティシアの胸が震える。

「あっ、あぁ……！」

「激しいのもいいが、こうしてゆっくり動かれるのもいいだろう？　さあ、そなたの感じる場所を、ひとつ残らず暴《あば》いていこうではないか」

王子が妖しく微笑《ほほえ》む。

彼は三十代後半だというのに、楔《くさび》はまるで二十代のように若々しく漲《みなぎ》っていた。まだまだ夜は長そうだと、ティシアは覚悟を決める。

しかし、嫌だとは感じず、むしろ嬉しく思えてしまった――

第二章

一度抱いてもらうだけで十分だったのに、ティシアは何度も何度も王子に抱かれた。

回数を重ねるごとに執拗《しつよう》に責め立てられ、限界を迎えて気を失うようにして眠ってしまう。

長旅の疲れもあって、熟睡しているうちに夜が明けた。窓から差しこむ薄明かりに目を覚ますと、ティシアは青ざめる。

王子の寝室で眠ってしまうなんて、とんでもない。すぐに王宮を去らなければと考え、体を起こそうとして、彼にしっかりと抱きしめられていることに気付く。

逞《たくま》しい腕からなんとか抜け出そうともがいていると、彼が起きた。ほどけかけた腕を、ティシアの体に巻きつけてくる。

「ん……？　まだ早いだろう、もう少しゆっくり休んでいけ」

寝起きの掠《かす》れた声は、とても色気があって、どきりとしてしまった。しかし、呆《ほう》けている暇はない。

「いえ、そんな訳にはいきません！　わたしの望みを叶えて頂き、ありがとうございました」

「……そうか」

そう言うと、彼はあっさりとティシアを解放してくれた。

脱がされた衣服は、きちんと畳まれて傍に置いてある。まさか、王子ともあろう人に畳ませてしまったのだろうか？

恐ろしくて聞けず、とりあえず着替えていると、あんなに出された彼の精が残っていないことにも気付いた。もしや、服を畳むだけではなく、事後処理までさせてしまったのだろうか？

ティシアが顔を青ざめさせていると、寝そべったままの彼が声をかけてくる。

「ティシア、そなたが働く娼館はどこだ？」

「アラーニャ娼館です」

「アラーニャか。なるほど、あそこは有名だな」

彼は顎《あご》に手を当て、なにかを考えるような素振りをしている。

ティシアは衣服を着終えると、再び彼に頭を下げた。

「では、わたしはこれで。王子様、その……、色々とありがとうございました。一生の思い出になりました」

服を畳ませたことと事後処理をさせてしまったことへの気まずさがあり、そそくさと部屋を出て行く。

その後ろ姿に「またな」と声をかけられたことに、ティシアは気が付かなかった。

まだ早い時間なので、王宮内は静かだ。ティシアは急ぎ足で門へ向かう。

門番は昨日の人とは違うが、特に見咎《とが》められることもなく、すんなりと門の外に出られた。

敷地の外にでると、安心したのもあって急に足取りが重くなる。精の名残はないものの、足の間にまだなにかが入っている感触がした。それに、さんざん貫かれた影響か、足が自然と開いてしまって上手に歩けない。

ティシアはぎこちない足取りのまま、時間をかけて娼館へ戻った。

そこではティシアのために個室が用意されており、使用人に案内される。寝台に横になると、先ほどまで寝ていたはずなのに、また眠くなった。

そのまま眠りに落ち、起きたときは昼近くになっていた。

ティシアは身支度を整え、店主のもとに行く。無事に本懐を果たした旨を告げると、自分のことのように喜んでくれた。

「それはよかった。処女を散らしてまで娼婦になろうとしているのだから、あんたを雇うのに不安はない。立派に働いてくれるだろう。よし、そうと決まればさっそく契約をしよう」

店主は機嫌よさそうに、抽斗《ひきだし》から契約書を取り出す。そこに書かれていた、客ひとりにつきもらえる金額は、ティシアの予想の倍以上だった。半年どころか、一ヵ月で目標の額を稼げてしまうかもしれない。

「こ、こんなに頂けるんですか？」

ティシアは思わず声が上擦《うわず》ってしまった。

「あんたの場合、容姿が珍しいからね。そのぶん、高い値がつく」

「あ、ありがとうございます」

提示された金額に興奮しながら、ざっと契約内容を確かめる。

聞いていた通り、アラーニャ娼館は店に借金をしていなければ、辞めたいときに辞められるようだ。ティシアにとって、都合のいい条件である。

ティシアはペンを受け取ると、契約書に名前を書く。本名の『アイシャ』と書くわけにはいかないので、『ティシア』と記入した。

無事に契約を交わすと、店主が問いかけてくる。

「ところで、初体験のときに、どの程度出血をしたのかな？」

「えっと……」

純潔を失う際には出血をする。その知識はあるものの、どのくらい出血したのか確かめる余裕などティシアにはなかった。

しかも、目が覚めたときには綺麗に拭かれていたので、今となっては知る術《すべ》もない。

「痛かったので、いっぱいいっぱいで……どのくらい出血したかまでは、わかりません……」

正直にそう告げると、店主はふむふむと軽く頷《うなず》く。

「出血が酷い場合は、一日休んだほうがいいからね。わからないなら、大事を取って休んだほうがいいだろう。ティシア、あんたの初仕事は明日からだ。早く稼ぎたいと思っているだろうが、これから短期間で沢山働くのなら、今日は休むべきだ」

それを聞いて、ティシアは驚いた。思っていた以上に、店主は娼婦のことを大切にしているらしい。

昨日出された食事の豪華さや、与えられた部屋の清潔さ、そして契約書の内容からなんとなくわかっていたが、ここは娼婦の待遇も格別なのだろう。大切にされていることがわかり、ティシアは嬉しくなる。

「わかりました」

「よし、まずは教育係をつけよう。働くにあたり、心得とか色々聞くといい」

「はい！」

そして店主は、使用人に言付けする。しばらくすると、美しい女がやってきた。

「お呼びですか、店主」

褐色《かっしょく》の肌と、黒い髪は一般的だけれど、顔立ちが整っていて、燃えるような紅《あか》い瞳が美しい。腰まで伸びた黒髪は波打っていて、とても柔らかそうだ。背も高く、豊満な胸の谷間を強調するような衣装を着ている。

「この子は新入りのティシア、仕事始めは明日からの予定だ。娼婦は初めてらしいから、色々教えてあげてくれないか？」

「わかりました」

彼女はティシアのほうを見て、にこりと笑った。

「わたしはミーラ。よろしくね、ティシア」

「宜しくお願いします」

ティシアは頭を下げる。

「じゃあ、まずは浴場《ハマム》に行きましょうか。一番くつろげる場所なのよ」

「はい」

体を洗いたいと思っていたので、ちょうどよかった。

ミーラに連れられて浴場《ハマム》へ向かうと、中に入る前からいい香りが鼻に届く。扉を開けると、脱衣所だけでもかなりの広さで驚いた。昼間だからか、ほとんど人がいない。

脱衣所の隅には、大きな香炉が置かれていた。外まで届いていた香りの正体はこれだろう。

調薬師だったティシアは、香炉を確かめるまでもなく、香りで中身がわかる。鎮静《ちんせい》効果のある香草をいぶしているのだ。

浴場《ハマム》を「一番くつろげる場所だ」とミーラが言っていたが、気持ちを静めてくれる香りの影響もあるに違いない。

「まずは、ここで服を脱ぐの。大衆用浴場《ハマム》だと湯浴み着を着て入浴するんだけど、うちでは一日に何度も風呂に入ることになるから、みんな裸のまま入るわ」

さらりと言われたが、つまりは一日に何人も客をとるということなのだろう。この仕事を希望したのは自分だけれど、体力がもつかどうか少しだけ心配になる。

「脱いだ服は洗濯用のカゴに入れておけば、洗ってもらえるわ。それと、あそこにある衣装が共用の衣装よ。どれを着てもいいから、好きなものを選ぶといいわ。体を拭く布も、あそこに一緒に置いてあるから」

そう言って、ミーラは脱衣所の端にある台を指さした。そこには、沢山の衣装と布が置かれている。なるほど、浴場《ハマム》にはなにも持たずに来て大丈夫そうだ。

服を脱いで中に足を踏み入れると、浴場《ハマム》自体の広さにもティシアは驚いた。

「まずは、あちらで体を洗うの。垢《あか》すり師がいるから、背中の処理は頼んで」

垢《あか》すりを担当するのは、年配の女のようで、数人が縁に腰かけている。

「体を洗うときは、この練り石鹸《せっけん》を使うのよ」

ティシアは言われた通り、練り石鹸《せっけん》を使って体を洗う。垢《あか》すり師に背中を洗ってもらうと、とても気持ちがよかった。

湯で泡を流すと、あっという間に体がピカピカになる。

「じゃあ、中に入りましょう。三つの扉があるでしょう？　左から順に、温度が低い蒸し風呂、中くらいの蒸し風呂、熱い蒸し風呂になってるわ」

「すごい、温度でわかれてるんですね！」

「ええ、そうよ。今日は中くらいのところにしましょうか」

ティシアはミーラと一緒に、中温の蒸し風呂部屋に入る。腰かけながら、ティシアはぽつりと呟いた。

「わたしには、どんなお客様がくるのかな……」

「うちは客層がいいから、心配しなくても大丈夫よ。それに、あなたの見た目は珍しいから、運がよければ専属娼婦になれるかもしれないわね」

「専属娼婦？」

ティシアは首を傾《かし》げる。

「そうよ。娼婦が一日に稼ぐ予定のお金を毎日払い続けることで、お気に入りの娘を独占できる仕組みがあるの。お金を払い続ける限り、ずっとよ。専属娼婦に指名してもらえたら、そのお客様しか相手にしなくていいから、ぐっと楽になるわ」

「そんな仕組みがあるんですね。専属娼婦のかたって、結構いらっしゃるんですか？」

「さすがに一握りよ。ちなみに、わたしのお客様は外国のかたが多いんだけど、ここに滞在している間の専属娼婦に指名してもらうことが多いわ。ただ、わざわざ専属娼婦に指名してくるなんて、嫉妬深い人が多いから、わたしは短期間のほうが気楽ね」

そう呟いて、ミーラはため息をつく。もしかしたら、かつて彼女をめぐっていざこざがあったのかもしれない。

そんなことを考えていると、ティシアは頭がぼうっとしてきた。

「あら、顔が赤いわよ。もう出ましょう」

「は、はい」

ティシアはミーラと一緒に脱衣所に向かった。

脱衣所に用意されていた布はとても柔らかく、水をよく吸う。濡《ぬ》れていた体も、あっという間に拭くことができた。

さっそく、ティシアは置いてあった衣装を借りる。今日は仕事がないので、体の線をあまり見せないような、ゆったりとした服を選んだ。

「お腹は空いてる？　食堂に行きましょうか」

そう言われて、今日はまだなにも口にしていないことに気付く。

「行きます！」

食堂に行くと、予想通りまた豪華な料理が並んでいて、ティシアはそれらに舌鼓《したつづみ》を打った。

昼食を終えると、ミーラは贔屓《ひいき》の客が来たとのことで、仕事に向かう。

この娼館は午後から夜中までが営業時間で、泊まりの客は朝一番に送り出すらしい。

もっとも、いつから働くかは各娼婦の判断にまかせているそうで、夜しか客を取らない娼婦もいるようだ。

ティシアは明日の午後すぐにお客をとりたいという要望を出した。そう、母親のためにも、早くお金を稼ぎたいのだ。

性交が気持ちよくて楽しいだけの行為でないことはわかっている。誰にでも簡単にできるものではないからこそ、高い報酬がもらえるのだ。大変だろうが、娼婦を大切にしてくれるここならば頑張れる気がする。

現に、アラーニャ娼館で働いているみんなの顔は、元気そうだった。客の前だけでなく、普段も笑いあっている。

その姿に、心の余裕を感じられた。

人は余裕があればあるほど、他人に優しくできるとティシアは思っている。小さい村はみんなで仲よく暮らしていたけれど、蓄《たくわ》えが不安になる冬の時期は、多少ギスギスしたものだ。それでも諍《いさか》いが起きないよう、全員が自制していたので、なんとか冬を越せていた。

しかし、ここで働いている娼婦にそんな空気はない。先ほどのミーラもそうだけれど、みんなライバルであるはずのティシアに優しく声をかけてくれる。

実は、目立つ容姿でいじめられたりはしないだろうか……とこっそり思っていたが、そんな不安はすぐに消えた。

整った設備と美味《おい》しい食事、なにより高い給金。それが娼婦たちの心に余裕を与えているのだ。

ミーラいわく、最初はお金に困ってこの仕事を選んだものの、環境が気に入ってしまって辞められなくなった娼婦も沢山いるのだという。彼女もそのひとりのようだ。

ティシアも母親の件がなかったら、ここで仕事を続けたいと思うかもしれない。

そんなことを考えながら過ごしているうちに日が落ちて、夜になりかけた頃、ティシアは店主に呼ばれた。

「ティシア、すごいぞ！　さっそく第七王子の御利益《ごりやく》があったようだ」

店主が興奮した面持《おもも》ちで話しかけてくる。王子の御利益《ごりやく》と聞いて、ティシアの胸が跳ね上がった。

彼に抱かれたことで、本当に幸運が訪れたのだろうか？

「なにかあったんですか？」

話の続きを催促《さいそく》するように、身を乗り出してしまう。

そのとき、少し離れた場所から悲鳴が聞こえた。

「どうした！」

ティシアよりも早く、店主が悲鳴のほうに向かって走り出す。恰幅《かっぷく》がいいが、動きは機敏なようだ。

なにがあったのか気になったので、ティシアもあとを追いかける。

すると、廊下でひとりの娼婦が胸を押さえてへたりこんでいた。顔色は真っ青で、額《ひたい》には冷や汗が滲《にじ》んでいる。彼女の周囲を、何人かの娼婦が心配そうに取り囲んでいた。

「いったい、どうしたんだ」

「それが、突然叫んだかと思うと、胸を押さえてうずくまってしまって……」

「病気か？　すぐに医師を呼べ！」

「さっき、呼びに行きました！」

胸が痛む病気というのは多々ある。店主もそう思っているみたいだけれど、突然叫んだというのがティシアは気になった。

うずくまっている女の手を取り、脈を測る。妙にゆっくりしていて、体温が低い。体はがくがくと小刻みに震えている。

「ちょっとすみません」

ティシアは彼女の下衣《シャルワール》の裾《すそ》をめくり上げた。足首に赤い痕《あと》がついている。

「これは……！　このあたりに緑の甲虫がいるはずです！　見つけたら絶対に手で触れないで、殺してください！」

ティシアはそう叫んでから浴場《ハマム》に向かって走る。脱衣所につくと、香炉の蓋を開けた。中には予想通りの香草が入っている。

「熱っ……！」

いぶしているのだから、香炉はもちろん熱い。

ティシアは体を拭く布を手にすると、それで香草を包むようにしてつまみ上げ、再び廊下へと戻った。そして、布にくるんだままの香草をうずくまっている娼婦の顔に当てる。

「んむっ！」

「少し熱いけど、これを吸ってください！」

「ん……」

火傷《やけど》するほどの熱さではないので、ティシアはぐいっと彼女の鼻に押し当てた。

「んー、ん……、……っ、はぁ……」

辛そうだった彼女の息づかいが、穏やかになっていく。

「虫、倒しました！」

廊下の先から、用心棒の声が聞こえてきた。目を向けると、緑の甲虫が潰《つぶ》されている。これでひと安心だ。

「あ……っ、あ……、……ありがとう……」

呼吸が楽になった娼婦は涙目で礼を言った。もう大丈夫だと、ティシアはほっと息をつく。

「ティシア。なにがあったか、わかるのか？」

見守るだけだった店主が、声をかけてくる。ティシアは潰《つぶ》された甲虫を指さした。

「あの緑の甲虫は、ちょっと厄介なんです。噛まれると必ず叫び声を上げてから胸が痛んでくるんです。次いで脈は遅くなり、体温は低下して、体が震える――これが一晩続きます。命に関わるものではないですし、一晩で回復しますが、抵抗力が落ちるので、このときに悪い病気をもらったら重篤化《じゅうとくか》します」

「なるほど。その布は？」

ティシアは娼婦の口元に当てていた布を下げると、開いて中の香草を見せた。

「浴場《ハマム》にあったこの香草は鎮静《ちんせい》効果だけでなく、あの虫の引き起こす症状を抑える効果もあるのです。普通はすり潰《つぶ》して嗅がせるのですが、いぶして吸わせても効果があります」

すらすらと述べると、店主も、そして周囲にいた娼婦たちも目を見開いてティシアを見る。

「ティシア、あんたは医学の心得があるのかい？」

「母が調薬師なので、ある程度の知識はあります。わたしのいた村は小さくて医師もおらず、調薬師が病気を診《み》ることが多かったですから」

ティシアは再び脈を測った。突然のことに動揺しているのか、少し速くなっているけれど、正常の範囲内だろう。

彼女を落ち着かせるように、優しく背中を撫《な》でる。そして強い口調で言った。

「もう大丈夫ですよ」

大丈夫――この一言がどれだけ患者を安心させるのか、ティシアは知っている。彼女は安心しきった顔で再び礼を言った。

店主もまた礼を言う。

「ありがとう、ティシア。まさか、あんたにこんな特技があったなんて」

「お役に立てたなら嬉しいです」

「しかし、虫が原因なら、今までも同じようなことがあってもいいはずなのに、こんなことは初めてだ」

彼は腕を組みながら、首を傾《かし》げた。

「それに、先日大がかりな虫の駆除をしたばかりなのに……」

「おそらく、それです。先ほどの甲虫は、蜘蛛《くも》の大好物なんです。そもそもこの国にいる虫ではなく、外国人の荷物に紛《まぎ》れてやってくるだけなので、滅多《めった》に見ません。この国にきたとしても、たいていは蜘蛛《くも》に食べられてしまいますし。しかし、その蜘蛛《くも》を駆除したとなると……こういう被害がまた起きてしまうかもしれません」

「なるほど……。うちは外国のお客様も多いから、荷物に紛《まぎ》れてきた可能性が高いな。対策を練ろう」

思案顔で店主は頷《うなず》く。そのまま立ち去ろうとした彼に、ティシアは慌てて声をかけた。

「待ってください！　あの、先ほどなにかを言いかけていませんでした？」

「あ、そうだそうだ」

今の出来事ですっかり忘れていたのだろう、店主は頭をかきながら振り返る。

「ティシアを専属娼婦に指名したいってお客様がいてね。なんと、ひと月ぶんのお金に色をつけてよこしてきたよ。まだ誰も客をとったことがないのに、ずいぶんな執着ぶりだ」

その言葉に、周囲にいた娼婦たちから「わあ、すごい！」と声が上がった。

しかし、ティシアは驚きのあまり、喜べずにいる。

なぜ、まだ働いていないのに専属娼婦に指名されたのだろうか？　そもそも、相手は誰なのか。

もしかして、あの王子だったりするのだろうか？

「あの、そのおかたはどなたですか……？」

この娼館で働くことを告げたのは、王子だけである。少し期待しながらティシアが訊《たず》ねると、返ってきた答えは予想外のものだった。

「ソレル大臣だよ」

「ソレル、大臣……？」

大臣と聞いて、ティシアの体が強張《こわば》る。過去の出来事の恐怖が一気によみがえった。

「ソレル大臣の使いが来てね、アラーニャ娼館の銀髪で白い肌のティシアという娘を専属娼婦にしたい、とのことだ。もしかして昨日、王宮で会ったのかい？」

「いいえ、そんなはずは……」

昨日ティシアが王宮で会ったのは、門番と王子だけだ。しかも、名前と働き先まで告げたのは王子のみである。

王子がソレル大臣とやらに自分のことを話したのだろうか？

ティシアが考えこんでいると、凛《りん》と響く声が耳に届いた。

「ティシア」

昨晩よく聞いた声だった。顔を上げると、今朝別れたばかりの王子の姿が見える。

「え？　王――」

「これはこれは、ようこそおいでくださいました、ソレル大臣！」

ティシアの言葉をさえぎるようにして、店主は彼に向かって頭を下げた。

「えっ？」

王子のはずなのに、店主は彼を「大臣」と呼んでいて、ティシアは混乱する。

「ソレル大臣。誠に申し訳ないのですが、ティシアは本日は仕事を休ませる予定でして、挨拶しかできないのです。……ティシア、こちらへ」

店主に呼ばれ、ティシアは訳がわからないまま、ソレル大臣の前に出る。

「店主よ、部屋を用意してくれないか？　彼女と話がしたいのだ。それと、冷たい水を用意してくれ。彼女の指先が赤くなっている」

「あ……」

言われて指先を見ると、確かに赤くなっていた。熱い香炉を開けたり、いぶされた香草をつかんだりしたせいだろう。

「かしこまりました、すぐに手配いたします。……ああ、ちょっと！　誰かティシアの準備を手伝ってやってくれ」

「わかりました」

店主は娼婦のひとりにティシアを任せた。

混乱したまま、ティシアは彼女に化粧を施《ほどこ》される。綺麗な服に着替えさせられ、ソレル大臣が待つ部屋へと連れて行かれた。

部屋に入ると、ティシアは言われた通りに挨拶をする。

「初めまして、ソレル大臣。わたしがお相手を務めさせて頂く、ティシアでございます」

「初めまして、ではないだろう？」

そう言って、ソレル大臣は笑った。――いや、やはり、彼は昨日の王子で間違いない。もしや、大臣の名を騙《かた》って、お忍びで来たというのだろうか？

「私は手酌《てじゃく》でけっこう。そなたは指先を冷やすがいい」

酒や果物のカゴの横に、水の入った桶《おけ》が置かれている。酷い火傷《やけど》をした訳ではないし、痕《あと》も残らないが、ティシアは素直に手を入れた。冷たくて気持ちがいい。

そんなティシアを見ながら、彼は杯に酒を注《つ》いでいる。

「あの……第七王子様、ですよね……？」

どういうことなのか知りたくて、思いきって訊《たず》ねる。

「いいや、違う。私の本当の名はオージスト・ソレル。もとより王子などではない。オージストを略して、オージと呼ばれることはあるがな」

「え……」

意味がわからず、ティシアはますます混乱する。

「本物の第七王子は、遊びすぎで性病をもらってしまった。命にはかかわらないが、少々厄介な病気でな。殿下にはしばらく離宮で静養していただき、私が殿下のふりをして女性たちを断っていたのだ。抱いてくれと頼んでくるのは、殿下の顔を知らない下々の女性ばかりだからな。断っていれば、殿下は女性を抱かなくなったと噂《うわさ》が立ち、『王子の慈悲』を請《こ》いに来る者も減ると思ったのだ」

オージストはため息をつく。どうやら、王宮も王子の噂《うわさ》には困っていたようだ。

「そうだったのですね……」

とりあえず、彼が第七王子ではなく、大臣であることは理解した。どうりで三十代後半の王子が年若く見えたはずだ。

しかし、確認しておかねばならないことがある。

「オージスト様はおいくつなんですか?」

十年前——ティシアとシプリーは大臣の悪事を知ってしまい、王都から逃げることになったのだ。その大臣の名前は知らないものの、ティシアはオージストに対して注意を払う必要があった。彼は二十代に見えるから大丈夫だろうとは思うけれど、念のために年齢を訊《たず》ねる。

「二十三だ」

その返答に、ティシアはほっとした。今二十三歳ならば、十年前はまだ十三歳で、当時は大臣職に就いているはずがない。

安心したティシアは、彼の顔をじっと見つめる。三十代後半には見えないけれど、二十三歳にしては大人びて見えた。

「どうした？　私の年齢が意外か？」

「いえ、その……確か第七王子様は三十代後半くらいと聞きました。王子様のふりをして、怪しまれなかったのですか？」

「気付かれたことはない。殿下は元々、年齢より若くお見えになると評判だ。それに反して、私のほうは老けて見える。加えて、殿下に抱かれようと顔も知らずにやってくる女性たちは、目先の欲に……つまり、抱いてもらったあとの幸運のことで頭がいっぱいだ。そこまで外見を気にしない」

「そうなのですか……。ところで、抱くことを断っていらしたのなら、どうしてわたしを抱いてくださったのですか？」

オージストが『気をつけるべき大臣』ではないとわかると、色々なことが気になってしまい、ティシアは引き続き質問した。

「抱くつもりはなかった。……が、ティシアは幸運よりも心の拠《よ》り所《どころ》を求めると言ったのでな。あの言葉にぐっときた。抱かれるだけで幸せになれると思っている女性ばかりだったから、私はそなたに興味を持ったのだ」

この目立つ外見ではなく、中身に興味を持ってくれたことは嬉しい。ティシアは密かに喜ぶものの、オージストの表情は曇っていた。

「騙《だま》してしまったことを、すまないと思っている。口では心の拠《よ》り所《どころ》を求めると言っていたが、内心では幸運が訪れるかもと期待していただろう」

「いえ、そんなことは……」

ティシアが王宮に行った一番の目的は、王子のもたらす幸運ではなく処女を散らすことだ。それに彼はとても素敵な男だから、初体験はいい思い出になったと思っている。オージストが第七王子でないことは大した問題ではないのだ。

しかし、根が真面目な人なのだろう、彼は気にしているようだった。

「せめてもの詫《わ》びに、こうしてティシアを専属娼婦に指名したのだ。ここに通うが、そなたは酌をしてくれるだけでいい。今後は抱かないと約束しよう」

「え……」

わざわざ処女を散らしてまで娼婦になったのに、抱かれない。それはそれで、肩すかしを食らった気分だ。

ぽかんとするティシアを横目に、オージストは言葉を続ける。

「それと、そなたの欲していた薬草のことだが……近年は採取量が減り、簡単には手に入らないのだ。そこで、私の名で予約を入れておいた。ひと月後には入手できるだろう」

それを聞いて、ティシアは驚いた。いくら高価な薬草でも、王都ならば、お金さえ出せば簡単に手に入ると思っていたのだ。オージストの権力をもってしてもひと月かかるのならば、ティシアの場合は何ヵ月も待たされただろう。

「金については、そなたのひと月分の給金で薬草を買うのに十分な額を、店主に支払っている」

「……っ！」

「さあティシアよ、いかがなものか。殿下のもたらす幸運には物足りないかもしれぬが、専属娼婦に指名した上にそなたを抱かず、薬草も手配済みだ。そなたを騙《だま》した詫《わ》びとしては、十分ではないか？」

「そんな、詫《わ》びだなんて……でも、ありがとうございます！」

お礼を言って、深く頭を下げた。ティシアとて処女を散らすために、第七王子を利用しようとした立場だ。本当なら詫《わ》びなどいらないけれど、彼の厚意はティシアにとって必要なものだ。

王都に来た一番の目的――薬草のことを解決してくれた彼に、後光が差して見える気がする。

ただ、本音を言うと、彼との行為が気持ちよかったので、抱いてもらえないことは少し残念だ。

けれど、それはこの際いいだろう。

表情を輝かせたティシアに、オージストは言葉を続ける。

「ところで、子種のことだが……」

「あっ！」

ティシアは思わず自分の下腹を見る。

第七王子は子供を作れないという噂《うわさ》だったけれど、彼は第七王子ではない。ならば、子供ができてしまう可能性がある。

「それについては安心するように。私も、子供ができにくい体質なのだ」

「え……？」

「殿下は毎年、生殖機能が戻っていないか調べていてな。ある年、殿下の気まぐれで私も一緒に検査を受けさせられて、子供ができにくい体質だとわかったのだ」

できない訳ではないのだから、少しの可能性はあるのだろう。しかし、一晩共寝《ともね》したくらいではできないはずだ、とティシアは思った。

「案ずるな。そなたに煽られたとはいえ、中に放ってしまったのは私の責任である。私は独身だ。もし子ができていたなら、そなたを妻として迎えよう。母君も王都に呼び寄せるといい」

「あの、結婚は……ちょっと……」

ティシアとシプリーは命がけで王都から逃げてきたのだ。ここで暮らすつもりも、シプリーを呼び寄せるつもりもない。

彼の機嫌を損ねず断るにはどうすればいいのかと、ティシアは言葉を詰まらせた。

しかし、返答に困る様子を見て、オージストは驚いたように眉をはね上げる。

「なぜ言いよどむ？　他に結婚を誓った相手でもいるのか？」

「いいえ……実は、わたしは結婚するつもりがないのです」

オージストが嫌いではないが、ティシアの事情を考えると、彼とは結婚できない。そして、その理由も彼には伝えられなかった。

「そうか……。まあ、よい。子ができていればの話だったからな」

そう言った彼の声色《こわいろ》は硬い。どうやら、機嫌を損ねてしまったみたいだ。

「申し訳ございません……。オージスト様のことが嫌というのではなく、むしろ素敵なかただと思っています。薬草だって、手配して頂きましたし。ただ、わたし自身の問題で……どうしても結婚は、できないのです」

「私も、子ができにくいのを理由に縁談を断っているからな。詳細までは聞かぬが、結婚できぬ理由があるというのは、理解しよう」

オージストのことを嫌な訳ではないと伝わったのか、少しだけ彼の機嫌が戻ったようだ。

「さて、ティシアよ。そろそろ手を抜いてもいい頃合いだ」

「あ、はい」

ティシアは桶《おけ》から手を抜く。指先の赤みはすっかり引いていた。

「見せてみろ」

オージストは手布でティシアの指先を拭きながら、眺める。

「ふむ、大丈夫なようだ。あとは、そこの果物の皮を指先に擦《こす》りつけておくとよい」

彼は盛りカゴの果物を指さす。それは、火傷《やけど》に効果がある果物だった。

「ありがとうございます。……オージスト様、もしかして医学にお詳しいのですか？」

高価な薬草を知っていたり、果物の皮の効能を知っていたり、妙に詳しい気がする。そう思ったティシアが訊《たず》ねると、彼は頷《うなず》いた。

「私の仕事に、医療分野の監察もある。例の薬草を予約できたのも、その伝手《つて》だ」

「そうだったのですね」

言われた通り、ティシアは果物を剥《む》く。必要なのは皮だけなので、果実はどうしようか迷っていると、オージストが口を開いた。

「……あの、もしかして」

訊《たず》ねるが、彼は口を開けたままなにも言わない。彼の口元に果実を運ぶと、ぱくりと食べた。

「……っ」

病人に薬を飲ませたことはあれど、人になにかを食べさせるのは、初めての経験だった。形のいい唇と大きな喉仏が動くのを見て、ティシアはなんだかどきどきしてしまう。

果実を全て食べさせると、ティシアは指先に皮を擦《こす》りつけた。柑橘《かんきつ》のさわやかな香りが鼻に届く。

「そなたは、調薬師なのだな」

濡《ぬ》れた口元を拭《ぬぐ》いながら、オージストが言った。

「はい……あれ、どうしてそれを？」

「そなたを待っている間、店主から話を聞いた。甲虫に噛まれた娼婦の治療をしたそうだな、見事だ」

「お褒め頂き、ありがとうございます」

「どうだ？　宮廷調薬師の試験を受けてみるか？」

「えっ……！」

宮廷調薬師と聞いて、どきりとした。それはいい意味ではなく、悪い意味でだ。

「試験に受かれば、住む場所もこちらで手配する。そなたの母君も王都に連れてくればよいだろう」

「い、いえ……宮廷調薬師は、わたしには荷が重すぎます」

「小さな村で調薬師をするよりは、王宮に勤めたほうが給金も稼げるし、経験になるだろう。そなたはまだ若い。いい話だと思うぞ？」

オージストは得意気な顔で聞いてくる。こんないい話、断られるはずがないと思っているのだろう。

しかし、彼と結婚できないのと同じ理由で、その話を受けることはできなかった。ましてや、王宮に勤めるなんてとんでもない。

「すみません……」

申し訳なくて、視線を逸らしながらティシアが謝った。彼は眉間に皺《しわ》を寄せる。

「なぜだ？」

「その……わたしの村には医者がおらず、普段は調薬師が代わりに病人を診《み》ています。村の人が気がかりなので、村を出るわけには……」

再び彼の機嫌を損ねることがないよう、ティシアはそれらしい理由を伝えた。もちろん、村のことは気がかりなので、全てが嘘という訳ではない。

「ふむ、なるほど。確かに小さな村の医師不足はゆゆしき問題である。だが、それについては、対処を検討中のことなのだ。王都と地方との医療には、格差があるからな。今すぐに……というわけにはいかぬが、そのうち解消できよう。それならば、どうだ？」

「それは……そのとき、またお話を頂ければと。母とも相談したいので」

結局、ティシアは言葉を濁《にご》した。

はっきり断らなければならないということは、わかっている。だが、先ほど結婚の話を断ったばかりなのだ。王子のふりをした詫《わ》びとして提案してくれたものではあるものの、オージストを責めるつもりがないティシアとしては、断ってばかりなのは申し訳ない。

ただでさえ薬草を手配し、ティシアを専属娼婦として指名し、色々と気を回してくれているのだ。これ以上、彼の気分を害するようなことは言いたくない。

「なるほど、確かにそなただけの話ではないな」

オージストが納得してくれたようなので、ティシアは胸を撫《な》で下ろす。

しばらくして、彼は帰って行った。

見送ったあと、本当になにもなかったか店主に確認され、ティシアは「なかった」と答える。

「ご苦労様、ティシア。明日からは夜に来られると思うから、そのときはちゃんと相手をしてくれ」

「……はい」

彼がティシアを抱くつもりはないと言ったことは伝えず、頷《うなず》いた。

ティシアとしては、肌を重ねるという行為は、あんなに気持ちがいいことなのだから、抱いてくれても構わないのに、と思っていた。

体力は使うけれど、オージストはいい男だし、彼に抱かれるのなら嬉しいとさえ感じるだろう――

そんなことを考えていると、店主が声をかけてくる。

「そういえば、あんたは優秀な調薬師みたいだな。調薬師はそれなりに高給だけど、娼婦のほうが遙かに稼げる。でも、両方一緒にやるなら、もっと稼げると思わないか？」

「えっ？　どういうことですか？」

「専属娼婦なら、他の娼婦に比べて時間があるだろう。どうだい、その空き時間を使って、調薬師としての仕事をするつもりはないか？　もちろん、そのぶんのお金は特別手当として、きちんと払う」

店主は困り顔で言葉を続ける。

「娼婦は一日に何度も入浴するから、肌荒れが酷い子が多くてね。市販の保湿剤を使わせているんだが、効果がいまいちで……。あんたなら、いい薬を知ってそうだ。もし肌荒れに効く薬があるなら、調合してくれないか？　材料はこちらで用意しよう」

「やります！」

ティシアは即答した。特別手当が出るなら断る理由などない。それに、本来は調薬師なのだから、自分の薬が困っている人の役に立つのは嬉しかった。

「では、必要な材料を書き出してくれるかい？」

「はい！」

ティシアはうきうきしながら、紙に材料を書き出す。

その翌日。ティシアが見たのは、大量の薬草と薬液だった。

「あの、この量は……？」

「それがね……使いに出した者が、間違って多めに買ってきてしまったようなんだ」

店主の表情も曇っている。

「薬草もナマモノだからなぁ……使い切れずに傷《いた》んでしまうものもあるだろう。だが、仕方がない。できるぶんだけ頼めるかい？」

「は、はい。なるべく無駄にしないように、頑張ります」

ティシアは自分を鼓舞《こぶ》するみたいに、胸の前で手をぐっと握りしめる。

こうして、オージストが来る夜まで、保湿液作りに勤《いそ》しむことにした。

まずは薬草をすり鉢で潰《つぶ》すのだが、この作業が一番手間がかかる。この薬草は硬く、かなりの力がいるのだ。

「くっ……」

こんもりと積まれた薬草の山は、なかなか減らない。貴重な薬草ではないけれど、傷《いた》みやすいものなので、早めに処理しなければ駄目になってしまう。

食事も忘れてひたすら薬草作りに没頭していると、店の使用人から呼び出された。

「ティシアちゃん、ソレル大臣がいらっしゃったよ」

「……あ！」

もうそんな時間なのかと、ティシアは慌てて着替えをし、仕事部屋へ向かう。

「すみません、お待たせしました！」

部屋でくつろいでいたオージストは、化粧もせず額《ひたい》に汗を浮かべたティシアの姿を見て、驚いた表情を浮かべた。

「……なにかあったのか？」

「い、いえ、なにも」

「……指先が紫色に染まっているな。もしや、薬を作っていたのか？」

「あっ」

ティシアは自分の指先を見た。誤魔化《ごまか》しようがないほど、薬草の色に染まっている。

「実は……」

正直に事情を話し、深々と頭を下げた。

「申し訳ございません。次からは気をつけます」

ティシアはオージストの専属娼婦であり、優先すべきは彼だ。いくら薬作りで忙しくても、彼が来る時間にあわせて身綺麗にし、迎えなければならない。

「なるほどな。そのような事情があるなら、時間との勝負だろう。せっかくだ、私も手伝ってやる。持ってこい」

「え」

彼の申し出に驚いて、ぽかんとしてしまう。

「なにを呆《ほう》けている。早く持ってこい」

「い、いえ、そんな！　お客様に、そんなことをさせるわけには……」

「私がいいと言っているのだ。何度も言わせるな、早くしろ」

「……っ」

さすが人の上に立つ役職に就いているだけあって、彼の命令には迫力がある。ティシアは逆らえず、しぶしぶ薬草とすり鉢を持ってきた。

「最近はしていないが、私も薬を煎《せん》じることがある」

そう言いながら薬草を擦《す》る彼の手つきは、かなり堂に入っている。腕力もあるため、ティシアがやる半分の時間ですり潰《つぶ》していた。

もちろん隣でティシアもやっているので、薬草はあっという間に減っていく。

処理した薬草を瓶に詰め、ティシアはほっとした。一番大変な作業が終わったので、あとは簡単だ。

「私も、指が染まってしまったな」

紫色に染まった指を見て、オージストが笑う。

「申し訳ございません……！」

色は三日もすれば落ちるし、健康には問題ない。しかし、手伝ってもらった上に指まで染めてしまうなんて、申し訳ないにもほどがある。

「気にするな、私が好きでやったことだ。そなたがこの薬草を一人で処理しようとすれば、手を酷使し過ぎて血豆ができてしまうだろう？　そうならないで、実にけっこう」

「えっ……」

オージストはティシアの手を取ると、紫色に染まった指先に口づけをする。

「……っ！」

カッと、体温が上がる気がした。彼とはもっとすごい行為をしたのに、口づけられただけで胸が早鐘《はやがね》を打つ。

「昨日も言った通り、私はそなたを抱くつもりはない。だが、このくらいは許せ」

もう一度、今度はちゅっと音をたてて口づけ、手を離した。

ティシアの白い肌がほんのり桜色に染まる。褐色《かっしょく》だったら誤魔化《ごまか》せるのに、白い肌だと目立ってしまう。

「なんだ、恥じらっているのか？」

オージストは面白そうに笑った。

「だ、だって、こんな……」

「……ふっ。よい、実によい。そなたの姿を見ながらだと、酒が美味《うま》くなりそうだ」

そう言って、彼は空《から》の杯を差し出してきた。ティシアは慌てて酌をする。

そのとき、ティシアの腹が大きな音をたてた。そういえば、薬作りに夢中になるあまり、昼も夜も食べていない。

「食べていないのか？」

「……っ、はい。薬を作っていたら、食べるのを忘れまして……」

「それでは用意させよう」

オージストは呼び鈴を鳴らして人を呼ぶと、食事を注文する。しかし、ティシアは複雑な表情を浮かべた。

「どうした?」

「い、いいえ。わたしなら、仕事のあとに食堂へ行けば、無料で食べられます。でも、オージスト様が注文してしまうと、お金がかかってしまうので……」

「そんなことか。金なら気にするな。私は独身だから、かなり蓄《たくわ》えがある」

「でも……」

「料理の注文でも、そなたの懐《ふところ》に金が入るのだ。素直に喜べ」

自分が一娼婦として働いていたのなら、嬉しく思っただろう。

しかし、彼はティシアを専属娼婦として指名することで必要なお金が手に入るようにし、さらには手を出さないとまで言っているのだ。きっかけが第七王子と偽ったこととはいえ、そこまでしてもらっていいのかと戸惑ってしまう。

(せめて、娼婦としての仕事さえ果たせていたなら……)

そう考えたティシアは、思いきって彼に伝えてみた。

「あの、なにからなにまで申し訳ないです。せめて……その、娼婦としての仕事を……」

「……む」

ぴくりと片眉を上げたあと、オージストは静かに首を横に振った。

「いいや、いい」

「え……お嫌ですか?」

勇気を出して申し出たのに、断られてしまったティシアは表情を曇らせる。

「勘違いするな、そなたはとても魅力的だ。しかし、最初に義に反することをしたのは、私だ。そなたが気にすることはない。私がティシアにもたらすものは、第七王子に抱いてもらったら得られるはずの恩恵だと、素直に受け取ればよい」

オージストは予想以上に堅物のようだ。

彼になら抱かれてもいいと思っているので、本人にその気がないことに、ももやしてしまう。

しかし、そんな複雑な気分も、料理が運ばれてきた瞬間に飛んでいってしまった。オージストが食べると思ったのだろう、肉がメインの料理が並べられる。

給仕人が下がると、彼はティシアに食べるように促《うなが》した。

「さあ、好きなだけ食べるがよい」

「ありがとうございます、頂きます」

運ばれてきた料理は、もちろん美味《おい》しい。客用なので、娼婦用のまかないよりも盛り付けが綺麗だった。お腹が空いていたから、次から次へと食べてしまう。

オージストはティシアの姿を満足そうに眺めつつ、酒を呑んでいた。

「よく食べる娘はいい」

そんなことを口にしている。

ティシアの食事が終わり、再び会話を交わしたあと、案の定彼はなにもせずに帰って行った。

それから二日後、ティシアは保湿剤を作り終えた。小分けにして瓶に入れ、店主に渡す。

「あの薬草を全部使ったのかい？　ご苦労だったね、ティシア。特別手当はその都度渡すようにしているから、今支払おう」

材料を無駄にしなかったことに、店主は気をよくしたのだろう。金庫から金を取り出すと、差し出してくる。その金額に、ティシアは驚いてしまった。

「こ、こんなにですか……？」

「あの量だからね。次は無理しないですむような量で頼むから、そのときはまたお願いするよ」

「はい、ありがとうございます」

予想以上の臨時収入を得て、ティシアの胸が弾《はず》む。

しかし、この薬は自分一人で作ったものではない。となれば、オージストに報告する義務があるだろう。

その夜、娼館に来た彼に、ティシアは金貨を見せた。理由を話すと、彼は驚いた表情を浮かべる。

「オージスト様がお金持ちなのは存じております。でも、わたしひとりで全てを受け取るわけにはいきません」

「……なんとまあ、馬鹿正直な。黙って懐《ふところ》に入れてしまえばいいものを」

彼は苦笑したが、その表情はどこか柔らかい。

「正直者のほうが損をする世の中だぞ？　そなた、嘘はつけるのか？」

「わたしだって嘘はつきますし、人を騙《だま》したりもします」

ティシアがそう答えるが、オージストは本気だと思っていないようだ。

「確かに、そなたほどの器量となれば、嘘のひとつもつかぬと、男を上手にあしらえないだろうな」

「そういう意味では……」

実際のところ、ティシアは大きな嘘をつきながら生きている。

それは、追われる身なのだから仕方がないけれど、オージストがティシアを信頼してくれるので、なんだか罪悪感がこみ上げてきた。

「ともかく、これはそなたが持て。気になるなら、この金で母君に土産《みやげ》でも買ってやればいいだろう」

「あ……！」

稼いだお金は全て薬草の購入費用に回すつもりだったから、お土産《みやげ》なんて考えていなかった。言われてみれば、せっかく王都に来ているのだし、シプリーが喜ぶような物を買って帰りたい。

「もう王都は見て回ったか？」

「いえ、この娼館からほとんど出ていません」

「そうか。ならば、買いに行くのはしばし待て。三日後、私は仕事が休みなのだ。一緒に街に行かないか？」

「……っ！　いいんですか？」

王都は広く、知らない場所では迷子になってしまいそうだ。だから、案内してくれる人がいるのは心強い。

「よい。どうせ娼館の中では酒を呑むことしかしないのだ。たまには外に出るのもいいだろう」

「ありがとうございます！」

ティシアはとびきりの笑みを浮かべる。

「ふっ……そなたの笑顔もまた美しい。その顔が見られるのなら、いくらでも付きあってやる」

そう言って、彼は満足そうに酒をあおった。


三日後、約束の日になった。

ティシアは前もって店主にオージストと出かける旨を報告する。怒られたらどうしようという不安もあったが、店主はあっけなく承諾してくれた。

どうやら、娼婦と客が店外で逢い引きをするのも、仕事のうちのようだ。

性交だけは、危険な行為をさせないために店内で行うことを義務づけているものの、それ以外であれば、店の外で好きに過ごしてもいいらしい。客の中には、性交が目的ではなく、綺麗な女を連れて街を歩きたいという者も少なからずいるのだという。

そうして、ティシアはなんの問題もなく、オージストと街に繰り出すことができた。

考えてみれば、彼と肩を並べて歩くのはこれが初めてである。

長身かつ美丈夫である彼はとても目立った。地位の高さを示す紫の飾り布が、余計に人目を引く。

その隣を歩いているティシアも、銀髪白肌で人目を引くものだから、ふたりが歩くと道行く人が振り返る。

「私たちは、なかなか目立っているようだな」

「そうですね……」

行く先々で見られるので、常に監視されているみたいで緊張してしまう。

そんな中、ある店の前でオージストが足を止めた。

「あの店は、女性ものの小物が揃っている。行ってみるか？」

「はい！」

店の中なら、人目から逃《のが》れることができるかもしれない。ティシアはオージストと一緒に小さい店に入った。

「わあ……」

中には、装身具に櫛《くし》、鏡など、それほど大きくない店の中に、沢山の品が所狭しと並べられていた。小さい村では絶対にない光景に、ティシアは瞳を輝かせた。

「すごい、すごいです！」

「気に入ったようだな。ゆっくり選ぶがよい」

「はい、ありがとうございます！」

ティシアは喜々としてお土産《みやげ》を選ぶ。どれも、女が喜びそうな品物ばかりだ。

そう、女物ばかりで男物は置いていない。

どうして彼は、このような店を知っているのだろうか？

「オージスト様は、このお店によくいらっしゃるのですか……？」

問いかけながら、胸の奥がちくりと痛んだ。

彼は独身だとは言っていたものの、恋人がいないとは言っていない。恋人でなくても、意中の女がいる可能性だってある。

彼が女への贈り物を選んでいるところを想像して、嫌な気分になった。

ただの娼婦と客という関係なのに、と表情を曇らせたティシアに、オージストが答える。

「いや、私はこういうことに疎《うと》くてな。女官にどこかいい店はないか聞いたのだ」

「……そうなのですか！」

その答えを聞いて、ティシアはほっとした。

今日のためにわざわざお店を調べてくれたとは思っておらず、とても嬉しい。

しかし、彼のことで胸がもやもやしたり、ほっとしたりする理由がティシアにはわからなかった。

どうしてこんなに、心が揺さぶられてしまうのだろう。これではまるで、彼のことが好きみたいだ。

「……っ！」

そう思った途端、かっと顔が赤くなった気がした。胸もどきどきしてくる。

この顔は見せられないと、品物を選ぶふりをしてさりげなく背中を向けた。すると、ティシアの銀髪を見ながらオージストが問いかけてくる。

「ティシアよ。母君は、そなたと同じ銀髪なのか？」

「はい」

背を向けたまま返事をする。深呼吸して気持ちを落ち着かせていると、オージストは赤い玉のついた簪《かんざし》を見せた。

もう顔の赤みは引いているはずだと、ティシアは彼を見上げる。

「この簪《かんざし》はどうだ？　銀の髪に映えると思うが」

「はい！　わたしも欲しいくらい、とても素敵です。でも、母は簪《かんざし》を使わないので……」

「なんと、珍しいのだな。では、こちらの櫛《くし》は？　髪の手入れはするだろう」

「あっ、この櫛《くし》もとっても素敵ですね！」

彼が選んだ櫛《くし》には小さな宝石が埋めこまれ、綺麗な彫り細工がしてある。

シプリーは、追われているのだからあまり目立ちたくないと、華美な装飾品を好まない。

しかし、毎日使う物が素敵な品なら、気分がいいだろう。ティシアは、その櫛《くし》を買うことにする。

「すみません、これをください」

「ティシアよ、まだ沢山あるぞ。そんなにすぐに決めてしまっていいのか？」

「一目見て気に入ったので、母にこれを使ってもらいたいんです」

そう言ってお金を払うと、贈り物ということを察した店員が、綺麗に包装してくれる。

「さて、私もこれを買おう」

オージストは、先ほどティシアに見せた簪《かんざし》を手に取り、店員に代金を払った。そして、そのままティシアに手渡す。

「え……？」

「先ほど、そなたも欲しいと言っていただろう？　これは、銀の髪に映えると思ったのだ。そなたにも似合うに違いない」

まさか、オージストが贈り物をくれるなど思ってもいなかったので、ティシアの胸が再び早鐘《はやがね》を打つ。

「ありがとうございます、オージスト様」

「……うむ」

頬を微かに染めながら喜んだティシアを見て、彼も満更ではなさそうな表情を浮かべる。

ティシアは髪を結い、簪《かんざし》を挿《さ》すと、彼と店の外に出た。

「さて、せっかくだ。他の店にも行くか？」

お土産《みやげ》を買うという目的は済ませたので、これで終わりかと思っていたティシアは驚く。

「わたし、そんなにお金があるわけでは……」

「気にするな。先ほどの櫛《くし》は母君への土産《みやげ》だったのだから、そなたが自分で稼いだ金で買うのがいいと思っていたが、今度は自分が欲しい物を選ぶといい。私が出す」

「えっ、それは……」

ティシアは表情を曇らせた。オージストがお金持ちなのはわかるが、そこまで甘えるのは気が引ける。

しかし、彼は機嫌がよさそうに口を開いた。

「気に入った娼婦を着飾らせるのも、男の楽しみだと聞いたことがあるのだ。今なら私もその気持ちがわかる。そなたを思う存分に着飾らせたいものだ」

オージストは簪《かんざし》が挿《さ》さった銀の髪を手に取る。日の光が当たり、きらきらと輝く様子を見て、彼は目を細めた。

「私の我が儘《まま》に付きあうのも、専属娼婦の役目であろう？　さあ、行くぞ」

髪から手を離すと、今度はティシアの手を握った。彼の温かく大きな手に、ティシアはどきりとする。喉から絞り出した声は、とても小さなものだった。

「は、はい……」

そうして彼に手を引かれるまま、ティシアは様々な店を見て回ることになる。

まずは服だ。ティシアが今着ているのは娼館から借りたもので、かなり胸元が開《あ》いている。買ってもらった服は露出は少ないものの、豪華な刺繍《ししゅう》があしらわれているおかげで上品な出で立ちとなった。

そのあとも首飾り、指輪、腕輪、とその場で身につけ、ティシアは全身に彼の贈り物をまとう。最後には紅も買ってもらった。

「ふむ、実にけっこう」

ティシアはこんなに買ってもらっていいのだろうかと思うものの、オージストが満足そうなので素直に甘えることにした。

着飾ったティシアを連れたオージストは、機嫌がよさそうだ。すれ違う男がティシアを見つめるたびに、得意気な表情を浮かべた。

しばらく街中を散策していると、古書店の前でオージストが足を止める。

「む……」

「気になるんですか？」

「ああ、探している書物があってな。しかし、古書店はほこりっぽくて空気が悪い。女性と一緒に入るような場所ではない」

そう言って通り過ぎようとした彼を、ティシアは引き止めた。

「わたしはお店の前で待っていますから、見てきたらいかがですか？」

「……いいのか？」

「ええ！」

「すまない。では、すぐに戻るから、ここにいるのだぞ」

オージストは店の中に入っていく。ティシアは街並みを眺めながら、大人しく待つことにした。

『そういえばそろそろお腹が空いてきたな』と思っていると、いきなり大声で呼びかけられる。

「ここにいたのか、コリーナ！」

その声に、ティシアはびくりと肩を震わせた。声のしたほうを見ると、がっしりとした体格の大男が近づいてくる。

「こんな場所で油売ってるんじゃねえ、今日のぶんの金はどうした！」

男はティシアの細い腕をつかむ。彼の毛むくじゃらの腕を見て、ぞわりと肌が粟立《あわだ》った。

「ひ、人違いです」

「ああ？　銀髪で白い肌、どう見てもお前はコリーナだろう。それになんだその格好？　随分いいもの着てるじゃねえか。金を出さないなら、ここで裸にして服を売っちまうぞ！」

「だから、違います！」

ティシアは古書店に入って助けを呼ぼうとしたが、強い力で引きずられ扉に手が届かない。

「やっ、ちょっと、止めてくださいっ……」

男に引き寄せられると、むわっと強い酒の匂いがした。かなり酔っているようだ。

このまま、どこに連れて行かれるというのか。怯《おび》えたティシアは体を震わせる。恐怖のあまり、助けを呼ぶ声も出せない。

なんとか引きずられないように、しゃがみこんだときだった。

「なにをしている」

古書店から、オージストが出てきた。

「オージスト様！」

「ん？　なんだお前……って、その飾り布は……！」

オージストがつけている飾り布の色を見て、男は一瞬ひるんだ。拘束が弱まり、ティシアは慌ててオージストに駆け寄る。

「この娘は私の連れだ。なにか用でも？」

「ああ？　コリーナ、お前いつこんな偉そうな奴と知りあいになったんだ」

「この娘の名はコリーナではない。人違いだ、よく見ろ」

「えっ、ああ……？」

男はじろじろとティシアの姿を見る。容姿のせいで人に見られることはよくあるけれど、この男の粘《ねば》ついた視線には嫌悪感がこみ上げてきた。

「そういえば、コリーナはこんなに胸がでかくねえな。はっ、悪かったな」

口では謝罪したものの、男は悪びれる様子もなく踵《きびす》を返して立ち去っていく。

「ティシア、大丈夫か？　すまぬな、そなたをひとりにすべきではなかった」

オージストが声をかけてきて、ティシアはほっとした。

「大丈夫です、少し腕が痛いだけで……」

ティシアは男に握られた腕を見る。白い肌に赤い痕《あと》が残っており、じんじんと痛んだ。

「……赤くなっているな」

オージストは腰に携《たずさ》えている曲刀《シャムシール》に手をかける。その視線は、どんどん遠ざかっていく男の背に向けられていた。

まさかと思い、ティシアは慌てて彼を止める。

「待ってください！　そこまですることではないですから！」

「本当に切ろうとは思っていない。ただ、少し痛い目にあわせるべきかと思っただけだ」

切るつもりはなくても、丸腰の相手を曲刀《シャムシール》で脅《おど》すのはやりすぎだ。

「あの、本当に大丈夫ですから」

「……そうか。では、湿布《しっぷ》でも買おう。この近くに、薬草を扱っている店がある。そこの湿布《しっぷ》がよく効くのだ」

「はい」

オージストはティシアの腕に気を遣っているのか、今度は肩を抱いて歩き始める。手を繋がれたときよりも彼と密着するかたちとなり、胸の鼓動が速くなった。

「あの、これは……」

「また間違えられたらかなわぬからな。こうしておけば安心だ」

オージストはティシアから手を離すつもりはないようだ。恥ずかしいけれど、諦めて彼と一緒に歩き始める。

ふわりと、いい香りが鼻に届いた。おそらく、衣服に香を焚《た》き染《し》めているのだろう。村ではそんなことをする男はいなかったから、どきどきしてしまう。

黙っていると、彼の体温や香りばかり気になってしまうので、ティシアは口を開いた。

「そういえば、わたしとそっくりな人がいるんですね」

「いや、おそらく、年齢と髪の長さなどが似ていたのだろう。顔は似ていないと思う」

「え？　でも、さっきの人、わたしのことをコリーナって人だと決めつけてましたよ？　いくら年齢と髪が同じくらいでも、顔の違いくらいは見分けがつくのでは……」

オージストはティシアの顔を横目で見てきた。

「銀髪白肌は珍しい存在だからな。どうしても髪と肌の色が印象に残ってしまい、個人の見分けがつけづらい。だから背格好と、年齢で区別しているのだろう」

「そうだったのですか……」

村ではシプリーと間違われることなど滅多《めった》になかったので、銀髪白肌の人の区別が難しいなんて、ティシアは知らなかった。

「じゃあ、他にわたしと同じ髪と肌、年齢の子がいたら、オージスト様も見分けがつかなくなってしまうんですね」

そう思うと、少し残念な気持ちになる。しかし、彼は即座に否定した。

「いや、私はわかる。他の娘はどうか知らぬが、ティシアだけは見分けられるぞ」

「え……どうしてですか？」

「……知り合いに、似ているのだ」

オージストは目を細める。その切なげな表情に、ティシアはどきりとした。

その表情の意味はわからなかったが、オージストは店の前でティシアから手を離す。離れていく体温が、少しだけ寂しかった。

「ああ、ついたぞ、あの店だ」

しかし、店の中に入った途端、ティシアは感嘆の声を上げる。

「すごい……！」

そこには、沢山の種類の薬草が並べられていた。シプリーの病気を治せる高価な薬草はなかったものの、古今東西、様々な地方で採取できる貴重な薬草が揃っている。

「ええっ、こんなものまであるの？」

小物屋も楽しかったが、薬草を見るのも楽しい。湿布《しっぷ》を買いに来たはずなのに、ティシアは研究のためにと、つい珍しい薬草を買いこんでしまう。

薬草屋を出て、食事を済ませたあと、オージストはティシアを娼館まで送ってくれた。

「ありがとうございました、オージスト様。今日はどうなさいます？」

「ティシアも疲れているだろうからな、私は帰る。そなたは、ゆっくりと休むがよい。また明日、いつもの時間にここに来よう」

「はい、それではまた明日」

ティシアは、オージストの背中が見えなくなるまで見送る。

そのあと自室に戻ると、すぐに鏡の前に立った。オージストに買ってもらったものが似あっているかどうか、気になっていたのだ。

中でも一番に目につくのは簪《かんざし》で、確かに、ティシアによく似あっている気がする。

ふと、先ほどの彼の言葉を思い返した。

『……知り合いに、似ているのだ』

その知り合いとは、どういう関係なのだろうか？　とても気になってしまう。

簪《かんざし》や服などをもらえたことは嬉しいし、肩を抱かれて歩いたこともどきどきした。オージストと一緒の時間はとても楽しかったと言える。

今は幸せで満たされているはずなのに、余計なことばかり考えてしまい、胸の奥がもやもやする。

「オージスト様……」

彼の名を呼びながら、ティシアは簪《かんざし》をそっと撫《な》でた。

第三章

ティシアが王都に来てから、半月が過ぎようとしていた。

毎日美味《おい》しい食事を食べられるし、ふかふかの寝具で寝られるし、いつでも浴場《ハマム》を使える。娼婦の仲間たちと仲よく付きあえている上に、オージストの専属娼婦だから、酌をするだけで抱かれることもない。

この半月は、予想もしていなかった幸運な環境にいるとティシアは確信していた。

もちろん、村に残してきたシプリーのことは気がかりだが、それ以外に悩みはない。そのせいかここのところ、ティシアは気が付けばオージストのことばかり考えてしまっていた。

彼はとても格好よく、一目で抱かれたいと思ったくらい魅力的な男である。

それに外見がいいだけではなく、彼はティシアの薬作りを手伝ってくれたし、街に連れ出してくれる優しさもある。簪《かんざし》や装飾品も買ってくれたのだ。

あの日から、ティシアは特に気に入った簪《かんざし》を毎日身につけている。これをつけて出迎えると、彼はとても喜んでくれた。

オージストはティシアを抱こうとしないので、逢瀬の時間は会話中心となる。彼のする話は、いつ聞いても楽しかった。

村の男は酒が入ると、自慢話か愚痴《ぐち》しか言わない。そのため酒の席での会話はうんざりしていたが、オージストは愚痴《ぐち》を零《こぼ》さなかったし、誰かを悪く言うこともない。彼とは気持ちよく会話することができる。仕事なのに、最近では彼が来る時間を楽しみにしてしまうほどだ。

ついついオージストのことばかり考えてしまうので、浴場《ハマム》では長居をしてのぼせてしまったり、なにもない場所でつまずいてしまったりすることもある。

こんなことは生まれて初めてで、ティシアは戸惑っていた。

自分は一体、どうしてしまったのだろうか？　なぜオージストのことばかり考えてしまうのだろうか？

初めて彼に抱かれたときのことを思い返すと、お腹の奥がきゅんと熱くなる。

もう一度、彼に触れてもらいたい——気付けば、そう思うようになっていた。

ティシアは薬草を買ったら、村に帰ることになる。それまでに、彼との特別な思い出が欲しい。あと一度だけでもいいからオージストの熱を感じたいのに、彼はティシアを抱くつもりがないのだ。

こういうときは先人に教えを請《こ》うべしと、ミーラに相談することにした。

彼女の部屋を訪れて、オージストとのことを全て打ち明ける。娼婦なのに抱かれていないことを怒られるかと思いきや、彼女は特に気にした様子はない。

「わたしも勃《た》たない人に専属娼婦に指名されたことがあるのよ。専属に指名しておきながら、お酌してくれるだけでいいっていうの。そういうお客様って、たまにいるのよねぇ……」

そう言って、ミーラは笑った。

「でも、大臣様は勃《た》たないわけじゃないのよねえ？」

「はい……その、最初に王子様だと思って抱かれたときは、明け方近くまで、何度も……」

顔を赤くしながら、ティシアは答える。

「一回抱いてしまったなら、何回しても同じでしょうにねぇ。騙《だま》したお詫《わ》びだなんて……まあ、変に頭のかたい男っているわよねえ。かたくするのは、あちらだけでいいのに」

娼婦らしい冗談を交えながら、ミーラはため息をつく。

「初めて見たあなたを抱いたくらいなのだから、きっと色事は嫌いではないのよ。大臣様なりのけじめがあるようだけど……そういう男はね、一線を越えてしまえば、あとはうまくいくかもしれないわ」

「え？」

「そういえば、そろそろあの時期なのだけど……ちょっとお待ちなさい」

そう言って、ミーラは部屋を出て行く。大人しく待っていると、しばらくしてから大きな酒瓶を抱えて戻ってきた。

「ふふっ、ちょうどよかったわね。たった今、お店に入ってきたそうよ？」

ミーラは酒瓶をティシアに渡した。すごく高級そうな代物だ。

「あの、これは……？」

「これは今の時期にしか出回らない、特別なお酒なの。とっても高価なものなのよ。市井《しせい》では簡単には手に入らないのだけど、店主のコネで沢山仕入れることができるから、このお酒を目当てに来るお客様も多いのよ」

「はぁ……」

その特別なお酒がどうしたのかと、ティシアは首を傾《かし》げる。

「このお酒、美味《おい》しいのだけど、とっても酒気が高いの。これで酔わせて、押し倒しなさい」

「えっ！」

「ふふっ、お酒の売り上げは娼婦にも入るから、ちょうどいいわ。大臣様なら、このお酒の価値もご存じでしょう。今の時期しか呑めないものだから、きっと沢山呑むはずよ」

ミーラはにこにこしながら話す。しかしティシアは不安だった。

「押し倒すって、うまくいくでしょうか……？」

「あら、それじゃ押し倒されればいいのよ。こうして、ちらっと」

ミーラは胸元をはだけさせ、豊満な胸をちらりと見せてくる。

「あっ、いやだわ、恥ずかしい」

そう言って胸元を押さえながら腰をくねらせる。彼女は瞳を潤《うる》ませて、ティシアを見つめた。

そのあまりにも艶《あで》やかな挙動に、女であるティシアもどきりとしてしまう。

「こうするの」

ミーラは何事もなかったように胸をしまった。

「うっかり胸を見せてしまったふりをして、恥じらうのよ。そのときに注意するのは、必ず自分の手で隠すこと。服を直してはだめよ？　手で押さえるだけにして、あの手を退かせば胸が見えるという状況を作るの」

「す、すごい……！」

ティシアは思わず感動した。さすがは経験豊富な先輩である。

「それでも相手が動かないなら、酔ったふりしてしなだれかかって、相手の一物《いちもつ》を触ってしまいなさい。そこまでしてなにもなければ――その男はだめね。いさぎよく諦めなさい」

「ありがとうございます、ミーラさん！」

男心はわからないが、彼女が言うのだから、この作戦の成功率は高いだろう。あとは、いかに自然に胸を見せるかだ。

「浴場《ハマム》にある服から、肩の留め具が外れやすいものを選ぶのよ」

「はい、今から選んできます！」

ティシアは勢いよく立ち上がる。

「頑張ってね」

「はい！　ミーラさん、本当に、本当にありがとうございました！」

何度もお礼を言ってから、ティシアは浴場《ハマム》へ向かった。


夜になり、オージストが訪れると、ティシアはさっそく特別な酒を勧めた。

「あの、こんなお酒が入ってきたのですが……」

酒瓶を見て、彼は片眉を上げる。

「ほう。そうか、この酒を入荷できるとは、さすがアラーニャ娼館だな。よかろう、もらうとするか」

ミーラの言う通り、この酒の価値を知っていたのだろう。彼は機嫌よさそうに、空《から》の杯をティシアに差し出す。

「これって、そんなに有名なお酒なんですか？」

「そうだ。王都以外にはほとんど出回らないだろうが、王都にいる者ならみな知っている。今の時期しか呑めぬ、貴重な酒だ。私も、今年はこれが初めてだ」

お酒を注《つ》いだティシアは、その匂いに驚いた。強い酒とは聞いていたけれど、匂いだけで酔ってしまいそうだ。

しかしオージストは顔色一つ変えることなく、水でも飲むかのように杯をあおる。

ティシアはそんな様子を、じっと見ていた。

「ん？　そなたも呑みたいか？」

「えっ」

確かに、どんな味なのか気になる。こんな状況でもなければ、一生呑めない気がした。

「女性に呑ませるような酒ではないからな。舐《な》めるだけにしておけ」

そう言って、オージストは呑んでいた杯をティシアに手渡した。

「いただきます」

彼が口をつけた杯だと思うと、妙にどきどきしてしまう。口づけだって済ませているのに、些細《ささい》なことで心が揺れ動いた。

ティシアは少しだけ舌を伸ばして、酒を舐《な》める。

「……っ！」

ほんの少し舌先が触れただけなのに、焼けるように熱くなった。

「くくっ、大丈夫か？」

オージストは含み笑いをしつつ、杯をティシアの手から取り上げる。そして、代わりに葡萄《ぶどう》をひと粒、口に放りこんできた。甘い味が口内に広がり、ひりひりとした感覚が薄れていく。

「こ、これ、よく呑めますね……？」

平然と酒を呑む彼を見て、口元を押さえつつティシアは呟いた。少し舐《な》めただけなのに体温が上がり、白い肌が桜色に染まる。

「なに、案外美味《うま》いものだ」

「そうですか……」

ミーラはこれを沢山呑ませろと言っていたが、大丈夫なのだろうか？　オージストはお酒に強そうに見えるものの、心配になってしまう。

「あの、呑み過ぎに注意してくださいね？」

「なに、大丈夫だ。自分の限界は心得ている」

ティシアは酌をしたり、果実の皮を剥《む》いたりして彼の相手をする。

そうして時間が経ってくると、彼にも酒が回り始めた。

「おっと……」

オージストが、空《から》の杯を取り落とす。

「大丈夫ですか？」

「ああ、少し酔ったようだな」

あんなに強い酒を沢山呑んで、少し酔っただけなど、どういう体質なのだろう？　でも確かに、彼の顔つきは泥酔しているようには見えなかった。

「水をもらえるか」

「はい」

ティシアは水差しを取り、杯に注《そそ》ぐ。

少しではあるものの、オージストは酔っていると自分で言った。――となれば、今が好機である。

ティシアはさりげなく、肩紐に手をかけた。金具を緩めて、わざと遠くの果実へ手を伸ばす。

「……あっ」

目論見《もくろみ》通り、肩紐ははらりとほどけ、胸が露《あら》わになった。乳房から、桃色の頂《いただき》まで、しっかりと露出する。

「きゃあっ」

ティシアはミーラに言われた通り、胸元を手で押さえた。部屋で何度も練習したので、一連の動作は完璧である。可愛らしい悲鳴もばっちりだ。

ちらりと、オージストに視線を向ける。彼は目をすがめてティシアを見ていた。

「……ふっ、これはいいものを見せてもらった」

しかし口元を緩めただけで、彼は微動だにしない。

「どれ、直してやろう」

ティシアは言われるがまま、彼に肩紐を直してもらう。露出した胸は、綺麗に服の中におさまった。

「ありがとうございます。……あの」

「ん？　なんだ？」

「その……欲情とかしないのですか？」

ここまできたら単刀直入に聞いてみたほうがいいと思った。ミーラは股間を触れと言っていたけれど、彼の様子を見ると、触っても駄目な気がするのだ。

「それなりには煽《あお》られた……が、そなたを抱かぬと約束しただろう？」

「でも……いくら第七王子のふりをしていた詫《わ》びにといっても、わたしは既に十分な恩恵を受けています。それに、他の人ならともかく……オージスト様に抱かれることは、嫌ではありません」

「……む」

すると、オージストの顔が真剣なものとなる。蜂蜜色の綺麗な瞳に見つめられて、ティシアの鼓動が跳ね上がった。

「抱かれたいのか？」

「それは……」

「はい」と素直に伝えてしまえばいいのに、自分から強請《ねだ》るのは恥ずかしくて言えない。言葉を詰まらせたティシアに、オージストはため息をつく。

「子供をできにくくする薬はあるが、効果は絶対ではない。そなたは結婚するつもりがないのだろう？　子供ができたら、どうするつもりだ？」

「でも、オージスト様は子供ができにくい体質だって……」

「確率は低いが、まったくない訳ではない。それに、私はそなたを気に入ったからな。最初のときのように、外に出すつもりはない。もし子供ができたら、そなたは私と結婚してくれるのか？」

「それは……」

子供ができたとしても、オージストと結婚するつもりはない。女手ひとつで子供を育てたシプリーを見てきたティシアは、未婚の母になることへの恐れはない。

しかし、正直に言えるはずもなく、ティシアは黙りこむ。

「私とて男だ。抱いていいなら抱きたいが、そなたは子供ができても、私のものにならぬのだろう？　それに……第七王子のふりをしたこと以外にも、そなたに負い目があるのだ。この際だ、全て話そう」

オージストは大きなため息をつく。

「あの日——そなたが王宮にやってきた日、幸運ではなく心の拠《よ》り所《どころ》を求めると言う女性を追い返すのは、私も忍びなかった。しかも、中々手に入らない薬草まで求めていると言うではないか。あの薬草を確実に入手するには、私が手を貸す必要がある。しかし、たまたま不幸な身の上話を聞いただけで施《ほどこ》しを与えるのは、大臣としてあるまじきことだ。だから施《ほどこ》しを与える理由として、そなたを抱いた」

「そんなことまで考えていらっしゃったのですか……」

人の上に立つ者として、平民に無闇に情《なさけ》をかけられないという彼なりのけじめがあったらしい。

彼にとって生娘《きむすめ》の処女を散らすことは、入手困難な薬草を手配したり、専属娼婦に指名する十分な理由になるのだろう。

「しかし、わざわざ抱く必要はない。別の提案だっていくらでもあったのだ。だが、そなたを抱いて、さらにその詫《わ》びと言い訳してまで専属娼婦に指名して、こうしてそなたに会っているのは……そなたが、似ていたからなのだ」

「誰に……ですか？」

おそらく、以前言っていた知り合いのことだろう。それが誰なのか——別れた恋人や、妹、はたまた他の誰かか。

「私の初恋の少女だ。十年も昔のことだから、似ているというよりは、面影《おもかげ》があるということだな」

オージストは空《から》の杯を指先で撫《な》でながら、言葉を紡《つむ》ぐ。

「今はもう隠居したが、私の父もかつて大臣として働いていてな。私は父の付き人として子供の頃から王宮に出入りしていた。その頃、父は体を悪くしてな、よく宮廷調薬師の世話になっていた」

「……っ」

宮廷調薬師と聞いて、ティシアの胸がざわつく。さらに、彼の父親も大臣だったと知り、背筋を冷たいものが走り抜けた。

「宮廷調薬師の中に、娘を連れて働いている女性がいてな。私はその娘に、子供ながらに仲間意識を持っていた。その娘は大人の言うことをよく聞き、真面目に働いていたと思う」

オージストは目を細める。

「その娘が、初恋だ。……だがある日、その娘は母親とともに突然いなくなってしまった。今となってはもう、行方《ゆくえ》がわからぬ。そなたは、その娘に似ている気がする。肌の色と髪の色は違うが、瞳の色は一緒だ。あの日、そなたの瞳を見て無性に懐かしくなり――抱きたいと思ってしまったのだ」

「そうですか……」

「しかし、それではそなたに対して不誠実すぎる。だからこそ、そなたを専属娼婦にしようと思ったのだ。これ以上何人《なんびと》たりともそなたを汚さぬように、と」

一連の話を聞いたティシアは動揺してしまい、視線がさまよう。それを見たオージストは、ティシアが機嫌を損ねたと思ったのだろう、すまなそうに言った。

「他の女性に似ていると言われて、喜ぶ者はいまい。すまぬな、酔って口を滑《すべ》らしたようだ。だが、それはそなたを抱いたきっかけのひとつにすぎぬ。似ているというだけでは、抱かなかった。そなたの人柄を見て、そなただからこそ抱きたいと思ったのだ」

「は、はい……」

どくん、どくんと胸の鼓動が速まり、息苦しくなる。ティシアは胸を押さえて、身をかがめた。心が痛いだけで、こんな風になってしまうのだろうか？

「……っ、はぁ……」

「む？　どうした、調子が悪いのか？」

オージストが心配そうに顔を覗きこんでくる。

「い、いいえ、大丈夫です……」

「いや、しかし……。舐《な》めただけとはいえ、先ほどの酒が回ったのか？　水を用意しよう」

オージストは空《から》の杯に水を注《そそ》ぐ。そしてティシアのほうを振り向いたとき――カランと音をたてて、彼の手から杯が落ちた。床に水が広がっていく。

「そなた……その姿は……」

「え……？」

ティシアは自分の体を見る。

「……っ！」

視界に入ってきたのは、黒い髪と、薄い褐色《かっしょく》になった自分の肌だった。

◆　◆　◆

遡《さかのぼ》ること、十年ほど前。

ティシアもシプリーも、一般的な黒い髪と褐色《かっしょく》の肌だった。

母のシプリーは宮廷調薬師をしており、女手ひとつでティシアを育てている。日中、幼い子供を預かってくれる場所もないので、ティシアはシプリーと一緒に王宮に来て、手伝いをしていた。

宮廷調薬師は、王族だけでなく王宮で働く者全ての調薬を担《にな》う。

それゆえに調薬師部屋を訪れる人は沢山いる。中には、ティシアと同じく働いている子供が、親の代理で薬を取りに来ることもあった。

幼いティシアには簡単な手伝いしかできなかったが、いつかは自分も宮廷調薬師になりたいと思いながら、休憩時間も休むことなく勉強をする。

しかし、そんな日は長く続かなかった。

ある日のこと。王都の外れで疫病《えきびょう》が流行し、王都で拡《ひろ》まる前に予防薬を作ろうと調薬師たちは忙しかった。家に帰ることもできず、王宮に寝泊まりして必死で薬を量産する。

ようやく一段落ついたのは真夜中で、多くの調薬師たちはそのまま仕事部屋の床で寝てしまう。

シプリーは幼いティシアをきちんと家の布団で寝かしたいと、家に帰ることにしたらしい。

夜の王宮は静かだ。二人で誰もいない廊下を歩いていると、どこからか声が聞こえてきて、シプリーとティシアはなんとなく耳を傾けてしまった。

『それで、奴隷の件はどうなっている？』

奴隷という単語に、二人は思わず顔を見あわせた。

近年のフロロフ王国は鉱物資源のおかげで豊かになったものの、国が貧しい頃は人間を売買する奴隷制がはびこっていた。国が豊かになって奴隷制は禁止され、人身売買には厳しい罰則がつくようになる。

とはいえ、人身売買は大きな利益が生じるので、水面下で続いているという噂《うわさ》があった。捕まらないのは、大臣級の人間が関与しているからだ、とも。

『はい、大臣様。奴隷市場の準備は整っております』

『そうか、ならばよい』

奴隷市場という言葉に、シプリーもティシアも凍りつく。とんでもない話を聞いてしまった。

しかも、足音がティシアたちのいる方向に近づいてくる。

『……っ』

シプリーはティシアの手を引いて、走り出した。

『おい、誰かいるのか！』

後ろから、追いかけてくる足音が聞こえる。

ティシアは必死になって逃げた。捕まったら大変なことになると、幼いながらも理解したのだ。

追いかけてくる足音が徐々に離れていったとき、ティシアは石床のくぼみにつま先を引っかけ、思いきり転んでしまう。

『あっ』

転んだことで足音が一気に近づいてきて、ティシアは戦慄《せんりつ》した。緊張のせいで痛みは感じないけれど、体が硬直して動けない。

そうしている間にも、足音は迫ってくる。曲刀《シャムシール》を鞘《さや》から抜く金属音まで聞こえてきた。殺されると思い、ティシアの体が震える。カチカチと歯が鳴り、目の前が真っ暗になった。

このままではシプリーも巻き添えにしてしまう。

『に、に、逃げて……』

声を絞り出してそう言ったが、シプリーは逃げなかった。床に伏せたままのティシアの体を抱きかかえると、再び走り出す。

『……はっ……はぁ……待てぇ!!』

男たちの怒声が耳に届く。彼らの乱れた息遣いが獲物を追いつめる獣の声にも聞こえて、ティシアはますます怖くなった。

シプリーはティシアをかかえたまま走り続け、ある角を曲がると、すぐそこにあった隠し通路に逃げこんだ。

そこは、医師と調薬師のみが知る通路である。

城内で感染症が発生した際に、患者を誰とも接触させずに王宮の外へ運ぶため、医師と調薬師用の通路があるのだ。

追いかけてきた男たちには、ティシアとシプリーが突然姿を消したように見えただろう。隠し通路なので、そう簡単には見つからないはずだ。

捕まらずに済んだ安堵《あんど》からか、ティシアはようやく自分の足で走ることができる。

通路を抜け、王宮の外に繋がる扉まで辿《たど》り着くと、シプリーは専用の鍵を取り出した。薬草庫も開けられるその鍵は、宮廷調薬師の必需品として、肌身離さず持つことを定められている。

シプリーはティシアを連れて外に出ると、鍵を通路の中に投げこんでから扉を閉める。扉は仕掛け扉となっており、閉めるだけで鍵がかかる仕組みになっていた。

カチャリという音が耳に響く。

『母さん、その鍵は……！』

『あなたをかかえ上げたとき、顔を見られてしまったの。こうなったら、もうここでは働けない。王都にだっていられないわ』

『でも、あの人たち、悪いことしようとしてるんでしょう？　奴隷って、いけないことなんだよね？　偉い人に言って捕まえてもらおうよ』

『無理よ、話を聞いただけで証拠はないもの。きっと信じてもらえない。握り潰《つぶ》されて始末されるわ。さあ、逃げるわよ』

シプリーはティシアの手を引いて、家まで戻る。

いつ先ほどの男たちがここに来るかわからない。荷造りなんてしている時間はなく、持って行けるのはお金だけだ。ティシアが大切にしていた人形も、本も、全て置いていくことになる。

『これを飲みなさい』

シプリーはティシアに、丸薬と水を差し出した。シプリー自身もその丸薬を飲みこむ。

ティシアにはその丸薬がなんの薬かわからなかったけれど、シプリーの気迫に負けて大人しく口に含んだ。

『……っ？』

途端に、自分の体が熱くなるのを感じる。不安になってシプリーを仰ぎ見ると、なんと彼女の体の色がどんどん白くなっていく。黒い髪も、きらきらと輝く美しい銀色になっていった。

『え？　なに、これ……っ、あ……！』

ティシアの体もまた、シプリーと同じように色が抜けていく。元々薄めの褐色《かっしょく》だったけれど、今は肌が真っ白だ。銀髪で白い肌の人は王宮内にもいて、密かに憧れていたが、まさか自分の体がそうなるとは思ってもいなかった。

『すごい！　こんな薬があるの？』

『わたしが作った特別な薬よ。色を変える薬が存在するなんて、わたし以外の誰も知らないわ。……これからは、これで姿を変えて生きていくのよ』

最年少で宮廷調薬師の試験に合格した経歴を持つシプリーは、とても優秀な調薬師だとティシアも知っていた。それがまさか、肌と髪の色を変えられる薬まで作れるなんてと驚く。

肌と髪の色が変わったシプリーの姿は、見慣れているはずなのに別人に見えた。

『このすごい薬、どうして秘密にしてるの？　髪と肌の色を変えられるなんて、欲しい人がいっぱいいると思うのに』

『……昔、色々あったのよ。そんなことより、すぐに王都を出るわよ』

『う、うん……』

疲れていたけれど、恐怖と興奮で眠れそうにない。それはシプリーも一緒のようで、ふたりは取るものも取りあえず、王都から逃げ出した。

そして辿《たど》り着いたのが、今ふたりが住んでいる小さな村だ。本名を名乗るわけにはいかないから、アイシャという名前を捨てティシアと名乗る。

村で暮らし始めてひと月後、王宮から消えた宮廷調薬師の母子を探していると、兵士が村に来た。

ティシアは恐ろしくなったものの、彼らが探している宮廷調薬師の母子は褐色《かっしょく》で黒髪である。

ティシアたちの肌と髪の色が違うのを見て、兵士たちは別人と判断したようだ。

もし元のふたりを知っている者がその場にいたらわかったかもしれないが、知らない兵士だけだったので、なんとか切り抜けることができた。

とはいえ、その夜はふたりとも体を震わせて、抱き合って眠った。

悪事を目撃してしまった大臣に自分たちは狙われているのだと思い知る。そして今後も薬で姿を変え続けること、王都には近づかないことを心に決めたのだった。

なのに――


「そなたの、その姿……」

薬の効果が切れ、ティシアは褐色《かっしょく》の肌と黒髪に戻ってしまった。

最近はオージストのことばかり考えてぼーっとすることが多く、すっかり薬を飲み忘れていた。

自分の迂闊《うかつ》さにティシアは青ざめる。

今思えば、脈が速くなったのも息苦しくなったのも、薬が切れる前兆だ。どうして気付かなかったのかと、自分を呪う。

「私は、呑み過ぎたのか……？　そなたの肌と髪の色が、違うように見える」

頭を押さえるオージストを見て、ティシアは心を決めた。誤魔化《ごまか》すしかない。

十年前に遭遇した大臣は、今でも逃げたティシアたちを探している可能性がある。

オージスト自身は年齢的に違うとしても、無関係とは言いきれなかった。この国の大臣は十三人おり、彼の父親があの時の大臣である可能性は十三分の一なのだ。

彼の父親を信用できないのは申し訳ないことだが、こちらだって自分と母親の命がかかっている。

肌と髪の色を変える薬のことは、絶対に知られるわけにはいかない。

だから、ここはうまく切り抜けなければ。

「どうしました、オージスト様？　わたしはほら、いつもの通り、白い肌と銀の髪のティシアでございます」

声が少し上擦《うわず》ってしまったものの、ティシアは堂々と言いきった。

ふと、酔ったあとに激しい運動をすると、記憶が曖昧になることを思い出した。それを利用しようと考える。

交《まじ》わって眠らせたあとに丸薬を飲み、偽りの姿に戻ったティシアがオージストを起こせば、彼は酔って幻覚を見たと思うだろう。

押し倒してでも彼と交《まじ》わり、誤魔化《ごまか》さなければならない。

「む……」

オージストは眉間に皺《しわ》を寄せる。

「いかんな、幻覚が見えているようだ。……先ほど話した初恋の少女が成長したら、今のそなたみたいな姿になるのだろうな」

オージストの初恋の少女――それはおそらく、ティシアで間違いない。

あの頃、娘を連れて働いている調薬師はシプリーだけだった。

しかし、ティシアはオージストのことを覚えていない。彼の初恋の相手が自分だったことは、嬉しいような、そうでないような、複雑な気持ちだった。……そう、彼の中でティシアとアイシャは別人なのだから。

「オージスト様」

ティシアは再び肩紐に手をかけ、はらりと胸をはだけさせた。

「もしも今、わたしが初恋の子に見えるのなら」

体をしならせると、大きな胸が揺れる。

「その子と思って、触れていただいても……」

「ティシア……」

ごくりと、オージストが喉を鳴らす。

彼は気付いていないが、今目の前にいるのは、紛うことなき初恋の少女なのである。髪の色も、肌の色も、一緒だ。

「しかし、そなたに不誠実なことは――」

「迫っている娼婦を抱かないほうが不誠実です」

ティシアはオージストにもたれかかる。彼の膝を撫《な》で、さりげなく下腹部に触れると、そこは少し硬くなっていた。

「今日は沢山呑みましたし、泊まっていかれたらいかがでしょうか？」

「う、うむ、しかし……っ」

ティシアは彼の半勃ちになったものを、服の上から何度も擦《こす》る。たどたどしい手つきだったけれど、布越しにどんどん大きくなっていくのがわかった。

「――っ、は……待て、ティシア……っ」

彼の薄い唇から艶《つや》やかな声が漏《も》れて、どきりとする。

「オージスト様……」

彼の耳にふっと息を吹きかけると、ぴくりと彼の肩がはね上がる。

ティシアは露出した胸をオージストの体に押しつけながら、彼の膝の上に乗った。

「待て、ティシア……っ」

「……っ、ん」

ティシアは手で彼の下腹部を撫《な》でるのは止め、自《みずか》らの下肢を昂《たか》ぶったそこに押し当てる。

「くっ、あっ……」

ぎりっと、彼が唇を噛みしめる。

「オージスト様……」

ティシアは彼の広い肩に手を置き、下衣《シャルワール》ごしに柔肉を昂《たか》ぶりに擦《こす》りつけた。

彼だけではなく、ティシアも気持ちが昂揚《こうよう》してくる。お臍《へそ》の下がむずむずして、熱い蜜が溢《あふ》れ出てきた。ティシアの下衣《シャルワール》は体にぴたりと貼りつき、大切な部分の形を浮かび上がらせる。

蜜がどんどん流れてくるせいで、粘ついた音が聞こえてきた。

「あっ、んぅ……オージスト様……」

熱くなった部分を彼自身にぐりぐりと押しつけながら、ティシアが呟く。

誤魔化《ごまか》さなければという気持ちから積極的になっていたものの、彼に触れれば触れるほど、もっと深く触れあいたいと思った。

そんな欲を孕《はら》んだ瞳で、オージストを見つめる。

「この……っ」

オージストがティシアの腰をつかんだ。その気になってくれたと思った次の瞬間、彼は位置を調整して腰を下から突き上げてくる。

「ひあっ！」

秘裂を探ったあと、すぐに蜜口に先端を挿入してきた。なんと、互いに衣を身につけたままだ。

「あっ、……っ、ひ――」

衣服が邪魔をして、ティシアの中に入ってきたのはほんの先端だけ。

しかも、布の面積の分、ぐいっと蜜口が拡《ひろ》げられる。内側を擦《こす》る布のごわついた感触に、ティシアは思わず声を上げた。

「やっ、あ……」

しかし、オージストはお構いなしに先端だけを布ごと抽挿《ちゅうそう》する。そのたびに入り口が拡《ひろ》げられ、快楽が生じた。しかし、むずむずしている奥のほうまでは届かない。

「やっ、これ、だめ……っ、止めて……っ」

「なにを今更……。待てと言ったのに聞かなかったのは、そなたのほうだ」

オージストは浅い抽挿《ちゅうそう》を繰り返す。

気持ちがいいのに奥の部分が物足りなくて、ティシアは涙目になった。布越しでは彼の体温を感じられないし、直接繋がりたい。

ティシアの蜜壺が、物欲しげにわななく。

「……ああ、奥のほうがひくついているようだな。わかるぞ」

腰を揺らしながら、意地の悪そうな声色《こわいろ》で彼は言った。

「だって、これ、このままじゃ……っ、んっ、ああっ」

「奥まで欲しいか？」

「……っ、はい」

こくこくと、ティシアは頷《うなず》く。それを見たオージストは、静かに言った。

「私と深く交《まじ》わるというのなら、この中に子種を注《そそ》ぐことになる。あの日からずっと出していないからな、濃い子種が沢山出るであろう」

彼は服の上から、ティシアの下腹をなぞる。

「もし子ができたら、私と結婚すると誓え」

「……っ！」

ティシアは思わず息を呑んだ。快楽に翻弄《ほんろう》されながらも、理性はまだある。

命を狙われている身で彼とは結婚できない。かといって、自《みず》らの秘密を話すこともはばかられた。

黙りこんだティシアに、オージストは下から思い切り腰を突き上げてくる。すると、先ほどよりも少し奥まで入ってきた。

「あうっ！」

「これを、奥まで欲しくないのか？　布越しではなく、直接この中を掻き回して欲しいとは思わないのか？」

「あっ、んっ、はぁ……っ」

彼は繋がったまま、腰を揺さぶった。届かない奥の部分が、きゅんと疼《うず》く。

このままでは生殺しだ。

「……っ、はぁ、ん」

彼は、子供ができにくい体質だと言っていた。ならば、子供ができない可能性に賭けてみてもいいのではないか。

朦朧《もうろう》とする頭でそう考えたティシアは、彼にしがみつく。

「誓います……っ。だから、どうか――」

「……しかと聞いたぞ」

オージストは楔《くさび》を引き抜くと、己の服をくつろげる。現れた怒張《どちょう》は、彼の先走りとティシアの蜜で濡《ぬ》れていた。

そして、彼はティシアの下衣《シャルワール》も剥《は》ぎ取る。そのあとティシアの腰を持ち上げ、自《みずか》らの昂《たか》ぶりの上にゆっくり下ろしていった。

「あっ、ああ……」

なにも隔てるものがなく、直接大切な部分が触れあう。

半分ほど入ったところで、オージストは思いきり腰を突き上げてきた。一気に最奥まで穿《うが》たれ、欲しかったものを手に入れた充足感に、ティシアの体はわななく。

「――っ、ああああ！」

一瞬、頭の中が真っ白になった。たったひと突きで快楽の高みにまで押し上げられてしまう。

蜜口は、なおも強請《ねだ》るように彼のものを強くしめつけた。

「もう達してしまったのか」

オージストが口角を緩める。

「……っ、はぁ、ん」

ティシアの体はまだ小刻みに震えていた。布越しのまま大分焦《じ》らされたから、体は与えられた快楽を強く受け取ってしまう。

「先日処女を散らしたばかりだというのに、すんなりと入ったな。ここは、私の形をよく覚えているようだ」

オージストはティシアの下腹部を撫《な》でたあと、再び腰を突き上げてきた。

「あうっ、んっ」

激しい動きに、ティシアの体が浮き沈みする。ティシアの体が下がるのと同時に、彼は腰を突き上げてきた。そうすると、更に強く奥を穿《うが》たれ、ティシアは何度も軽く達してしまう。

「やっ、やめ……、わたし、まだ、達していて……んうっ」

ティシアの中は、激しく律動していた。彼と繋がってからずっと達していて、なにも考えられなくなっていく。

「くく……達しっぱなしか。よい、実にけっこうだぞ、ティシア」

オージストは嬉しそうに腰を穿《うが》った。

「やあっ、んっ、やめて……、あうぅ、あぁ――」

やめてと言いながらも、ティシアの内側は強請《ねだ》るみたく彼に絡みつく。まるで溶けあうように粘膜が絡みあい、穿《うが》たれるたびに飛沫《しぶき》が散った。

やがて、彼のものがぐんと大きくなり、ティシアの中で爆《は》ぜる。

「あっ――」

剛直は打ち震えつつ、精を注《そそ》いでいった。それはすぐにはおさまらず、何度も痙攣《けいれん》しながら、ティシアの中を満たしていく。

「あっ、いっぱい……んっ、ああっ」

満たされていく感触に、またもや達した。

「ティシア、舌を出せ」

「はい……」

言われた通り赤い舌を突き出すと、彼の唇がそれを食《は》む。

「んむっ、ん……」

繋がったまま、互いの舌を絡ませる。彼のものはまだ、硬いままだった。

「はあっ、んっ、ふ」

しばらくティシアとの口づけを堪能《たんのう》したあと、オージストは楔《くさび》を引き抜く。栓が抜かれたことで大量の精が蜜口から溢《あふ》れていく。それはまだ昂《たか》ぶっている彼のものに垂れ落ちた。

オージストは絶頂の余韻《よいん》でろくに動けないティシアを抱き上げ、寝台まで運ぶ。

己の服を脱ぎ捨ててからティシアの服も脱がし、互いに一糸まとわぬ姿となった。

オージストはティシアの両膝を割り開くと、そそり勃《た》つ自身を再び中にねじこむ。

「ああっ！」

「先ほどは、すまなかったな。今度は、ゆっくり愛でるとしよう」

オージストは焦《じ》らすような速度で抜き差ししながら、ティシアの胸の先端を口に含んだ。硬く尖《とが》った先端が、舌先でつんつんとつつかれる。

「はあっ、ん……」

先ほどまでの刺激が強すぎたので、優しい動きは心地よい。彼はティシアの中に残った精を、ゆっくりと奥に押しこむように腰を動かした。

「あっ、あ……」

ぐるりと腰を回され、精液が中で掻き混ぜられる。

なにからなにまでゆっくりとした動きがもどかしい。ティシアの内側はなにかを求めるように、きゅうっと彼のものをしめつけた。

「どうした？　もっと激しくして欲しいのか？」

「い、いえ、このままでも気持ちがいいです……、っんん！」

その言葉とはうらはらに、蜜口は更なる刺激を求めて彼をしめつける。

「あっ、これは、その……」

「激しくして欲しいのか？」

オージストは、わざと強く腰を穿《うが》った。

「あうっ！」

途端に快楽が体を突き抜け、ティシアは背中を仰《の》け反《ぞ》らせる。

「やっ、だめぇ……優しくっ、ん……」

「わかった」

オージストはティシアの望み通り、再びゆっくりと腰を動かした。

一方で、結合部の少し上にある秘芽《ひめ》に彼の指先が触れる。

「ああっ！」

「ここも赤く膨《ふく》らんでいる。触ってやらねば可哀想だな」

オージストはゆるゆると腰を動かしながら、その動きとは対照的に秘芽《ひめ》を指先で素早く扱《しご》いた。

「ひっ、あっ！」

硬いものを内側に埋めこまれながら、敏感《びんかん》な部分を強く刺激され、ティシアの全身が粟立《あわだ》つ。

「やあっ、んっ、はぁ……っ、んっ、ひぅ……」

決して色っぽいとは言えないような声まで漏《も》れてしまった。しかし、自《みずか》らを取り繕《つくろ》う余裕などはない。

「くっ、あ……」

小さな粒を引っ張られるように扱《しご》かれて、ティシアは達した。何度目の絶頂なのか、最早わからない。

「くく……先ほど出したばかりだからな、私はまだ果てぬぞ」

オージストはふっくらとした陰唇を指先でなぞった。

「ああ、本当に、私はどうしてしまったのか。そなたのここも、白い肌には見えぬなど……」

みっちりと拡がった花弁を撫《な》でつつ、彼はゆっくり抽挿《ちゅうそう》する。

「あっ、ああ……」

ティシアはすがりつくように、彼の背中に手を回した。

「ティシア……」

オージストは口づけながら、優しい抽挿《ちゅうそう》を続ける。

「んうっ、ん……」

ティシアも積極的に、彼の舌を求めた。伸ばされた舌を吸い、ときに甘噛みする。つんつんと舌先でつつくと、同じ数だけつつき返された。

「はぁぅ、ん……」

ふと、ゆっくりだった彼の動きが速くなる。がくがくと激しく揺さぶられ、ティシアは思わず彼の背中に爪を立ててしまった。

「――っ」

激しく腰を打ちつけたあと、オージストはティシアの奥に精を撒《ま》き散らす。どくどくと、再び熱い雄液が中を満たしていった。

「ああ……」

ティシアがうっとりと目を細めると、オージストが下腹を撫《な》でてくる。

「孕《はら》め……孕《はら》んでしまうがいい。そうすれば……囲って逃がしはしない」

「……っ」

彼の言葉におののいて、ティシアは思わず腰を引いてしまった。しかし、追いかけるようにオージストは腰を突き挿《い》れてくる。

「逃がさぬ」

ずんっと深い部分まで突かれ、精が奥まで押しこまれた。

「あっ、あ……」

「そなたを孕《はら》ませる。覚悟するように」

二度も出したはずなのに、彼のものはまだ硬いままだ。

「やっ、あ……」

オージストの腰が再び動き始める。

「ひうっ、あぁ……待って、お願い……っ、おかしくなりそう……」

度重なる絶頂に、ティシアはもういっぱいいっぱいだ。彼に抱かれたいとは思っていたけれど、想像以上の快楽に体がついていかない。

懇願《こんがん》するようにオージストを見つめると、彼はすっと瞳をすがめた。

「待たないし、逃がさない」

「ひうっ！」

奥を何度も穿《うが》たれて、ティシアはかぶりを振る。

「――そういえば、そなたはここもよいのだろう？」

オージストは最奥ではなく、その手前の部分に昂《たか》ぶりを擦《こす》りつけてきた。先端のくびれた部分にひっかかれて、ティシアの腰がびくりとはねる。

「ああっ！」

「奥とこちら、どちらがいい？」

感じる部分にぐりっと剛直を擦《こす》りつけながら、時折彼は奥を穿《うが》つ。

「ど、どちらも……あっ、お願い、本当にっ、おかしくなっちゃうから……！」

「私と一緒におかしくなればいい。そなたの肌がいつもと違って見えるなど、私とて普通ではない」

「……っ」

ティシアの肌が違って見えるのは正常だ。おかしいことではない。

しかし、それを否定することはできないので、なにも言えなくなってしまう。すると、彼はティシアの膝裏に手を差し入れ、足を折り曲げてきた。

「あっ！」

体が折りたたまれるような体勢となり、奥までみっちりと密着する。

「はぁ、ん、やぁ……」

ティシアの体は、オージストから与えられる快楽を喜んでいた。体の奥からは歓喜の蜜がどっと溢《あふ》れてくる。

「こうすると、息苦しいか？」

気遣うように声をかけられる。

「ひうっ、ん――、それは、大丈夫、ですが……っ、ん、気持ちよすぎるから……っ、はぁっ」

「ふむ。気持ちよいだけなら、なにも問題はない」

オージストはティシアの膝裏を押さえたまま、腰を突き挿《い》れてくる。

「あっ、んっ……！」

「ああ、ティシア……」

オージストは時折ティシアの足にちゅっと口づけながら、腰を穿《うが》つ。再び絶頂を迎えると、彼もまた達したようだ。

「あっ――」

精を放つとき、彼はぎゅっと目を閉じる。その表情がひどく扇情的《せんじょうてき》で、ティシアは朦朧《もうろう》としつつも見惚《みと》れてしまった。

「ティシア……」

オージストは膝裏から手を離すと、ティシアの体を抱きしめたまま、何度も口づけてくる。

「んうっ、ん……」

三度連続で達したからか、彼のものは控えめになっていた。しかし、ティシアの中から出ていくことはない。

繋がった状態で、何度も口づけを交わす。

「はぁ……」

「逃がさぬ……孕《はら》まなくとも、私の嫁に……」

小声で呟かれたその言葉は、ティシアの耳には届かない。

口づけを交わすうちに、オージストのものは中で再び大きくなっていった。

「ま、まだ……？」

「まだだ」

熱を孕《はら》んだ眼差《まなざ》しで、オージストがきっぱりと言う。

そのあとティシアは何度も絶頂を味わわされ、気を失うように眠ってしまった。

明け方、ティシアはなんとかオージストより先に起きることができた。

隣を見ると、彼はよく眠っている。酒のせいだろう、かなり眠りが深いように思えた。

ティシアはそっと寝台から下りて、いつも持ち歩いている小物入れから丸薬を取りだす。

水差しからすっかりぬるくなってしまった水を杯に注《そそ》ぎ、丸薬を飲みこんだ。するとみるみるうちに肌の色が抜けていく。

この丸薬は即効性だ。いつもは効果が切れる前に飲んでいたから気にしなかったけれど、すぐに白くなった肌を見てティシアはほっとする。

ちなみにこの丸薬は、人間だけではなく、黒い毛の動物にも効果がある。

しかし、動物が摂取すると興奮状態になり暴れ回ってしまうため、普段は何重にも封をして厳重にしまっている。

「間に合った……」

丸薬の袋をしまいながら、安堵《あんど》のあまり小さく呟く。

抱き潰《つぶ》されて起きられるかどうか心配だったが、なんとかなったようだ。ティシアはなに食わぬ顔で寝台に戻る。

体の中にはまだ彼の精が残っていて、内腿はべとべとしていた。しかし、まだ拭き取ろうとは思わない。

ティシアはオージストの寝顔を見つめた。「逃がさぬ」と言いながら激しく抱いてきた昨夜の彼を思い出す。

いっそ、彼に捕らえられたい――そう思ってしまった。その瞬間、ティシアは彼への恋心を自覚する。

オージストと一緒に過ごすうちに、いつの間にか彼に惹《ひ》かれていた。

体から始まった関係ではあるものの、オージストは決して軽薄な男ではない。

高いお金を払って専属娼婦に指名したティシアを、今日まで抱かずにいてくれた。彼はティシアを娼婦としてではなく、ひとりの女として丁寧に扱ってくれていたのだ。

シプリーのための薬草だって、簡単には手に入らないからと、わざわざ手配してくれた。一国の大臣職なのにおごったりはせず、ティシアのような下々の者にまで優しくしてくれる。休みの日にわざわざ街に連れて行ってくれたことも、いい思い出だ。

人の悪口や愚痴《ぐち》を言わないところも好感が持てる。

十年前のことは覚えていないけれど、彼の初恋の相手が自分だったというのも心が弾《はず》む。

堅物だけど優しいオージストのことが好きだと自覚すると、ここ最近彼のことばかりを考えてしまう理由も理解できた。

それでも、彼の父親が奴隷売買に関わっていた可能性を思うと、全てを明かすことはできない。

ティシアが初恋の少女なのはもちろん、髪と肌の色を変える薬の存在も明かせなかった。

心苦しいが、これからも彼を欺《あざむ》き続ける必要がある。

ティシアはオージストの寝顔を見た。

「好き……」

小さく呟いて、彼の唇にそっと口づけた。彼は深い寝息を立てたまま、起きる気配がない。あれだけ強い酒を呑んだあと、何度も激しく交《まじ》わったのだ。そう簡単には起きないだろう。

「オージスト様……」

恋心を認めたティシアは、目の前で無防備に眠るオージストを愛《いと》おしく思った。彼の瞼《まぶた》に、頬に、鼻に、唇に、耳に、口づけを落としていく。

本当のことは伝えられず、心の距離も縮められない。そのぶん、体だけでも触れあいたいと思ったのだ。

「ん……」

彼がみじろぐと、口づけを止めた。しばらく大人しくしていると、再び彼の寝息が深くなる。

ティシアはそうして、眠る彼に口づけをして楽しんだ。


アラーニャ娼館は、朝早い時刻に鐘が鳴る。泊まりの客を起こすためだ。

その鐘の音で、オージストも瞼《まぶた》を開ける。

「おはようございます、オージスト様」

銀髪と白い肌に戻ったティシアは、にっこりと微笑《ほほえ》んだ。

オージストは何度も目を擦《こす》りながら、ティシアを見る。

「お体の具合はどうですか？」

「あっ、いや……大丈夫だ。だが、昨日はいささか呑み過ぎたようだ」

「顔色は悪くなさそうですね。それでは、お体を清めさせていただきます」

朝になると、泊まりの客がいる部屋の前には水の入った桶《おけ》と布が置かれる。ティシアの部屋の前にも用意されており、それを使って彼の体を拭《ぬぐ》っていった。

オージストはティシアが桶《おけ》で布を絞る様子をじっと見ている。おしろいかなにかで肌の色を変えているのではないかと、疑っているのだろう。もちろん、水で濡《ぬ》らしたり擦《こす》ったりしても、この肌の色が変わることはない。

「こちら失礼しますね」

「ああ……」

ティシアはなに食わぬ顔でオージストの体を綺麗にしていく。

隆起した胸板や、割れた腹筋など、彼の体つきはとても逞《たくま》しい。曲刀《シャムシール》を携《たずさ》えているのだから鍛《きた》えているのだろう。まるで兵士のような肉体美だ。

昨日はこの体に抱かれていたのかと思うと、頬が赤くなる。

全て拭き終えたあと、ティシアは着替えを用意した。昨日の服は、互いの体液でどろどろになっていて、洗う必要がある。

アラーニャ娼館では、急に泊まった客のために男物の服も用意されていた。もちろん、客層に合わせて全て一級品だ。

「こちらは、洗濯しておきますので」

「頼む」

オージストは何度もティシアの体を舐《な》め回すように見る。いやらしさは全然なく、疑っているのだ。

結局彼は殆《ほとん》ど話さぬまま、娼館を出て行った。

ティシアは洗濯物を出したあと、浴場《ハマム》へ向かう。

あの酒を呑んで、急遽《きゅうきょ》泊まっていった客が多かったのか、朝風呂はかなり混雑していた。みな、朝食前に体を洗ってさっぱりしたいのだろう。

ティシアが服を脱いでいると、ミーラが隣にやってきた。肌に浮かぶ赤い痕《あと》を見て彼女は微笑《ほほえ》む。

「あら、うまくいったみたいね」

「ミーラさん、昨日はありがとうございました！」

「ふふっ、よかったじゃない」

そんなことを話しつつ、浴場《ハマム》に入る。

ティシアはぼんやりと、オージストのことを考えていた。

（十年前の大臣が、彼の父親だったらどうしよう）

それを確かめる術《すべ》がないことに大きくため息をつくと、ミーラが声をかけてきた。

「まだ心配事があるのかしら？」

「あっ、いえいえ！　……でも、なんか、ちょっともやもやしちゃって……。気分転換に、街にでも行こうかと」

「それなら、用心棒を連れて行きなさい。絶対に一人で出かけちゃだめよ」

「用心棒のかたをですか？」

大げさだと、ティシアは驚く。しかしミーラは真剣な表情で言った。

「街では銀髪白肌の新人娼婦がいきなり専属娼婦に指名されたって、噂《うわさ》になっているわ。ひとりで歩いてたら、よからぬ輩《やから》に路地裏に引きずりこまれるかもしれないわよ？　娼婦の体は商品だもの、用心しなさい」

「そ、そうですか……」

「でも、用心棒を連れて行けば大丈夫だから」

怯《おび》えた様子のティシアを見て、ミーラは優しく背中を撫《な》でる。

それを聞いて、用心棒に同行をお願いすることにした。

付き添ってくれるのは、ギズという体の大きな用心棒である。

オージストの体つきもかなり逞《たくま》しいと思ったけれど、ギズは本業のせいか、さらにすごい体つきだ。

「付きあわせてしまって、すみません」

「いえいえ、みなさんの付き添いや荷物持ちも俺たちの仕事ですからね。遠慮なく言ってください」

彼は人懐こそうな笑みを浮かべている。怖そうだと思った第一印象は、すぐにいい印象に変わった。

それに、アラーニャ娼館の用心棒として慣れているせいか、銀髪白肌のティシアを見ても普通に接してくれるのが嬉しい。

ふたりは街に向かいながら、会話を交わす。

「こうしてお買い物に付き添うことって、よくあるんですか？」

「ええ、もちろん。多いときには一日に三回も外に行きますよ。買い物は、お嬢さんたちの楽しみのひとつですからね。ひとりで出かけるのは危ないですし」

よくある仕事ということで、ティシアは自分が特別迷惑をかけている訳じゃないと知ってほっとする。

目的の薬草屋に着くと、並べられた薬草を見てギズが呟いた。

「ティシアさんのお薬、とても評判ですよ。さすが調薬師ですね」

「専属娼婦をしているぶん、他の人よりも楽しちゃってるから、お役に立てて嬉しいです」

ティシアは必要な薬草をひょいひょいとカゴに入れていく。すると、ひとりの少女が店内に入ってきた。

「ごめんください」

「やあ、コリーナ」

「……っ！」

聞き覚えのある名前につられ、ティシアは顔を上げる。大きなカゴを背負った少女が入り口付近に立っていた。布を被って髪を隠しているが、肌の色は白いのがわかる。

以前コリーナという女に間違われたことがあるが、おそらく彼女がそのコリーナだろう。

コリーナも銀髪白肌のティシアを見て一瞬驚いた顔を見せたが、すぐにカゴを下ろして、店主に中身を見せる。

「どれどれ。……ほう、今日はすごいな」

店主が驚いているので、気になってそっとカゴを覗き見る。そこには貴重な薬草が入っており、これにはティシアも目を瞠《みは》る。

「計算するから、ちょっと待っててくれ」

店主は薬草を並べつつ、算盤《そろばん》をはじいていく。

その隙にティシアはコリーナに声をかけてみた。

「こんにちは」

「あ……はい、こんにちは」

「あなたも、わたしと同じ髪の色よね？」

「……はい、そうです」

コリーナは被っていた布を取る。すると、見事な銀髪が広がった。本物の銀髪だからか、ティシアのものよりも輝いて見える気がする。

「わたし、この前コリーナっていう子と間違えられたの。きっと、あなたのことよね」

「わたしに？　……ああ、この髪と肌の色だと、区別がつきづらいみたいですからね」

ティシアの顔を見ながら、コリーナは答えた。

顔つきは似ているとは言いがたいが、身長と年齢は同じくらいである。しかし、彼女の体つきは、ティシアが心配になるくらいに細く見えた。

「でも、あなたのように綺麗な人をわたしと間違うなんて……ご迷惑をおかけしました」

コリーナが頭を下げる。

「ううん、大丈夫だったから」

「そうですか……」

彼女は無言になると、再び布を被る。あまり人と話すのが好きではないのかもしれないと、ティシアは話しかけるのをやめた。

「はい、終わったよ。これがお代だ」

店主はコリーナの手に、お金を乗せる。すると、無愛想だった彼女がぱっと笑顔を見せた。

「ありがとうございます！」

彼女は大切そうにお金をしまうと、何度も頭を下げながら出て行く。

コリーナがいなくなったあと、ティシアは店主に声をかけた。

「あの……随分、高い価格で買い取ってますね」

ティシアもある程度は薬草の値段がわかる。しかし、ティシアが計算した金額と、店主が支払った金額とでは、結構な差があった。

「ああ……あの子はちょっと特別でね。可哀想な子なんだよ。父親がちょっと酒癖が悪くて、賭博《とばく》で負けて大きな借金をしたまま、先日、ぽっくり死んでしまってねぇ……。残された借金を、あの子がひとりで返してるんだ。朝から晩まで、ずっと働いてるよ」

「ええ……？　でも、あの容姿だったら、なんとかなりそうな気も……」

珍しい銀髪白肌の持ち主なら、ティシアのように娼館で働くこともできるし、お金持ちから求婚されることだってある。もちろん、そういうことに抵抗のある女もいるだろうが、容姿を活かせば大金を稼ぐことは可能なのだ。

ティシアが疑問に思うと、店主は静かに首を振った。

「父親が亡くなった理由が、たちの悪い感染症だったたっていう噂《うわさ》が広まってしまってねえ……。実際は違うらしいんだけど、あの子も感染していると思われて、気味悪がられてね。あの子もなにも言わないもんだから、誤解が解けないんだ」

「そんな、酷い……」

もし自分にそんな噂《うわさ》を立てられたら、絶対に否定する。けれど、それはティシアに病《やまい》に対する知識があるからだ。普通の娘に病気の知識なんてないだろうし、闇雲に否定したところで信じてもらえないだろう。

ティシアはなんだか、もどかしかった。彼女が頭を隠していた理由も、目立ちたくないからだろう。せっかく綺麗な銀髪なのに、勿体《もったい》ない。

「まあ、噂《うわさ》は噂《うわさ》だ。感染症ったたって、誰にもうつらなければ、そんな噂《うわさ》は消えるだろう。そしたら、なんとかなるはずだ」

「……早く、そうなるといいですね」

「それまでは、少しお代を弾《はず》むくらいはしてやりたいんだ。あの子の父親とは、それなりに付きあいがあったからね。酒さえ呑まなければ、いい奴だったんだ」

アラーニャ娼館の店主もそうだが、薬草店の店主もかなり人がよさそうだ。このお店も儲《もう》かっているようだし、やはり金がある人は心の余裕もあるものなのかと思ってしまう。

「さあさあ、その薬草を買うんだろう？」

「あ、はい」

薬草を買い、店を出る。

「可哀想だったわね……」

ティシアはぽつりと呟いた。

「うちのお嬢さんたちも様々な事情を抱えていますよ。あのコリーナという娘が置かれた状況も、さほど珍しいものではありません」

ギズがきっぱりと言いきる。確かにその通りなのだけれど、ティシアは彼女のことが気になってしまった。

「なにかできないかしら……」

できることは少ないだろうが、なにか力になりたい。そう思っていると、ギズが声をかけてくる。

「ティシアさん、あまり彼女と関わらないほうがいいと思います」

「え？」

「なんだか嫌な予感がします。あなたの言う通り、あの容姿ならうちで働けたでしょうし、嫁のもらい手もあったでしょう。……が、感染症なんていう噂《うわさ》を流して彼女を孤立させた者がいるように思います」

「どうして、そんなことを？」

借金取りとて、コリーナを細々と働かせるよりは、娼館で働かせて大金を稼がせたほうがいいに違いない。もしくは、彼女を嫁に望む者に、一括で支払ってもらえばいいのだ。

だから、ギズがなにを懸念《けねん》しているのか、ティシアにはまったく理解できない。

しかし、彼はそれ以上問いかけには答えてくれなかった。

「さあ、用件はお済みですか？　それとも、他のお店を見て回りますか？」

もう話は終わりだと言わんばかりの明るい口調で訊《たず》ねてくる。だからティシアも、コリーナの話を蒸し返すことはできなかった。

もやもやしているうちに夜になり、オージストが店に訪れる。

昨日抱いてもらったことだし、もしかしたら今日も抱いてもらえるのではないか——そう思っていたティシアに、彼は開口一番にこう言った。

「昨日はすまなかった。私はもう、そなたを抱くつもりはない。強い酒も控えよう」

「え……」

「初恋の少女に似ていたからといって抱いてしまうなど、そなたに対して誠意がない」

「誠意なんて、そんな……」

昨夜の行為が誠意のない行動だなんてまったく思わない。そもそも、好きな女に似ているという理由で娼婦を選ぶ男だって、沢山いる気がした。

彼の注文通り、今日は弱いお酒を杯に注《つ》ぎながら、ティシアは訊《たず》ねてみる。

「オージスト様の初恋の子って、どういう子だったんです……？」

「知りたいのか？」

「はい」

幼い頃の自分が彼の目にどう映っていたのか知りたくて、ティシアは頷《うなず》いた。

「そうか……では、話してやろう」

彼は目を細める。

「父の薬をもらうため、私はよく調薬師部屋に通っていた。王宮で働く子供は少なからずいたが、私が一番接していたのは、その娘だった」

そういえば、ティシアは薬を渡す手伝いをしていた。しかし、親の使いでもらいに来る子供は多く、いちいち覚えていない。彼は大勢の中のひとりだったのだろう。

「ある日、私は王宮で倒れてな……。その日はとても暑く、倒れる者が他にも沢山いた。医務室はいっぱいで、私を収容する部屋はないと言われた。王宮にしてみたら、武官や文官は職務中に倒れているが、子供は正式な使用人ではないからな」

「ええ……」

子供こそ守らなければならないと思うのに、残酷な話だとティシアは顔をしかめた。

「人手不足で父も忙しく、母が迎えに来るまで私は廊下に寝かされたまま、ぼんやりとしていた。このまま死ぬかもしれないと思ったときに、看病してくれた娘がいたのだ。――それが、初恋の娘だった」

「……っ！」

オージストのことは覚えていなかったけれど、その話を聞かされてティシアは思い出した。

昔、暑い日に廊下で寝ていた子供を看病したことがある。顔までは思い出せないが、あれがオージストだったのだろう。

「冷たい布で汗を拭いてくれたり、水を飲ませてくれたり……。大人に放っておかれた私を助けてくれたのが、同じ子供だったことがとても嬉しかったのだ」

オージストは口元を緩める。

ティシアにとっては、思い出にも残らないくらい当たり前のことだった。それでも、彼にとっては特別なことだったのだろう。

「その日から、私はその少女のことが気になり始めた。嫁にもらいたいとまで思ったのだ」

それだけで嫁になんて、どうやら、彼は昔から生真面目だったようだ。

「しかし、ある日突然、母子ともども消えた。辞める申し出もなかったそうだ。どんな理由があったのか、気になってしまってな。事件に巻きこまれたとかでないといいのだが……」

「……っ」

あの日は、シプリーもティシアも逃げるのに必死で、書き置きを残すことさえできなかった。唯

一、調薬師の鍵を残していったことが、辞めるという意思表示である。
「その初恋をずっと引きずっている訳ではない。なにせ、十年も経っているからな。ただ、そなたを見ると、なぜかその娘を思い出してしまうのだ」

「そうだったんですね……」

髪と肌の色は違えど、その娘はティシアなのだから、思い出すのは無理もない。

「きっと、その娘さんも母親も、元気に暮らしていますよ」

「だといいが……ところで、そなたも調薬師と言ったな。似ている上に調薬師という共通点まであるとは……。そなたの母君はなにをしているのだ？」

「えっ」

母親の職業を聞かれるとは思わず、ティシアは言葉を失う。ここで素直に調薬師だと答えたら同一人物でないかと疑われる気がした。

「母は……その、料理人を」

シプリーの特技を思い返しながらそう答えた。

「なに？」

「母の料理は、とても美味《おい》しいんですよ！」

それは本当のことなので、ティシアは自信満々に答える。どうかこれで誤魔化《ごまか》されて欲しい。

「……なるほどな」

オージストは意味ありげな表情で頷《うなず》いた。

「それではティシアよ。ひとつ聞くが……髪や、肌の色を変えるような薬は存在するのか？」

「──っ！」

なぜ、そんなことを聞いてくるのだろうか？　彼は、なにか感づいているのだろうか？　ティシアは冷や汗をかく。

「そんな薬、聞いたこともございません。もし存在するのなら、王都で評判になっているのでは？」

あれはティシアでも作れない、シプリーだけが作れる特別な薬だ。他の調薬師だって簡単には作れないだろう。

「……ふむ、そうだな。いや、変なことを聞いた。すまない」

「いえいえ」

ティシアは愛想笑《あいそわら》いを浮かべるが、嫌な汗が止まらない。

しかし、彼はそれ以上追及せず、話題は別のことに変わり、とうとう帰る時間となった。

「ところで、明日は仕事があってな……残念ながら、来られぬのだ」

「そうなんですか……」

彼と会えないのが残念でティシアは肩を落とす。そんな彼女の手を取ると、オージストはちゅっと甲に口づけた。

「えっ……」

軽く口づけるだけではない。彼は指を口に含むと、音を立てて舐《な》めしゃぶる。

「んうっ、あぁ……ん」

オージストは、ティシアの指にまるで口づけをするときのように舌を絡めてきた。

「はぁ……」

唇に口づけられた訳でも、ましてや恥ずかしい部分に触れられた訳でもない。しかし、指を舐《な》められるだけで体が火照《ほて》り、ぼうっとしてくる。

ティシアが手を引こうとしても、ぎゅっとつかまれていて、彼の舌から逃げることはかなわなかった。

「あの、いつまで……んうっ」

思いきって訊《たず》ねてみても、彼はなにも答えず、ただ指を愛撫し続ける。

「あっ、ん……っ」

ティシアの声と、舐《な》める音が部屋に響く。お腹の奥がむずむずして、思わず内腿を擦《す》りあわせた。

腰が抜けそうだ。

そこに、オージストが声をかけてくる。

「アイシャよ、また明後日会おう」

「は、はい……」

指への執拗《しつよう》な愛撫に蕩《とろ》けてしまい、彼がなにを言っているのかうまく理解できない。名前を呼ばれ別れの挨拶をされた気がして、ぼんやりと返事をする。

オージストを外まで見送りに行かねばならないのに、歩くこともままならず、ティシアは床に座りこんでしまった。

「よい、そなたはそこに座っていろ。……ではな」

見送りができないというのに、彼はなぜか満足気な顔をする。そして軽い足取りで、娼館を出て行った。

第四章

翌日、ティシアは店主に呼び出された。彼の部屋に行く途中、忙しそうに動き回っている掃除婦や料理人たちとすれ違う。

店主も忙《せわ》しなく指示を出していたが、ティシアに気付くと「おお」と表情を明るくした。

「どうしたんでしょうか？　みなさん、忙しそうですけど」

「実は今日、大きな宴《うたげ》の依頼が入っていてね」

「宴《うたげ》……ですか？」

ティシアが知っている宴《うたげ》は、村のみんなで呑んで騒いで……というものだったが、果たして娼館の宴《うたげ》とはどういうものなのだろうか？

ついいかがわしい妄想をしてしまい、思わず身構えてしまう。

「うちでは時折お偉いさんたちの宴《うたげ》の世話もしていてね。設備も綺麗だし、提供する酒や料理も一級だろう？　加えて、娼婦も綺麗どころが揃っている。だから、この娼館で宴《うたげ》をしたいって依頼がくるんだよ」

「そうなんですか」

確かに、ここの設備は綺麗だし、調度品も立派なものが揃っている。

なにせ、田舎育ちで物の価値がわからないティシアでさえ、一目で高価とわかるようなものばかりなのだ。娼館といえど、ここはかなりの格式を感じる。

「今回は殿下から直々に依頼があってね。空いている娼婦たちには、酌をしてもらいたいんだ。ティシアはソレル大臣の専属娼婦だけど、それは房事《ぼうじ》だけの話で、人目のある大部屋で別の客に酌をすることに制約はない。だから、ソレル大臣がいらっしゃるまでの間、手伝いをお願いできるかい？」

「それなら大丈夫です。今日、オージスト様はいらっしゃらないとのことなので、ずっとお手伝いできますよ」

「おお、そうだったのか。それは丁度よかった」

店主は嬉しそうに微笑《ほほえ》む。

「宴《うたげ》といっても、うちは娼館だからね。娼婦を気に入ればそのまま部屋に入ることもできるんだけど、専属娼婦は対象外だ。専属娼婦の目印となる首飾りをつけて、お客様の相手をしてくれ」

そう言うと、店主は目立つ赤い宝石がついた首飾りを渡してきた。なるほど、これなら一目で専属娼婦か否かの区別がつく。

「宴《うたげ》の部屋には用心棒も同室するし、なにかあったら彼らが助けるから、安心して欲しい」

「はい、わかりました」

ティシアは忘れないようにと、早速首飾りを身につける。

「宴《うたげ》は午後からだ。時間になったら鐘を鳴らすから、広間に集まるように」

早口で説明をすると、店主は再び使用人の指示に戻る。

ティシアは部屋に戻り、午後までいつもと同じように過ごした。

時間になると、宴《うたげ》用の広間には三十人ほどの男が集まっていた。なじみの客がまだ来ていない娼婦たちが、そろって酌をしている。

上座には王子と思われる男が鎮座しており、沢山の娼婦を侍《はべ》らせていた。彼が何番目の王子なのか、ティシアにはわからない。

王子はティシアに気付くと、手招きをした。銀髪だから目立つのだろうけれど、いきなり指名されて、緊張しながら上座へ向かう。

王子は周囲にいた娼婦たちを下がらせると、ティシアを隣に座らせた。二人きりにされ、緊張はさらに高まる。

そんなティシアに、彼は優しく声をかけてきた。

「その容姿、お前がティシアか？　オージストが随分、世話になっているようだな。あいつから事情は聞いている」

そんなことを言いながら、彼はティシアをじろじろと見る。

「……不思議だ。女を見て抱きたくないと思ったのは、初めてだ」

「えっ」

いきなり、娼婦としてあるまじきことを言われて、ティシアは言葉を失った。

ティシアはオージストの専属娼婦なのだから、王子に抱かれたいと思われても困る。かといって、抱きたくないと言われたら、女としての魅力がないようにも思えて複雑な気分になった。

「僕は来る者拒《こば》まずだが……お前が寝所に来たとしても、抱かなかったように思うな」

来る者拒《こば》まずと聞いて、ティシアはぴんときた。彼が第七王子なのだろう。

三十代後半というが、オージストが言った通り、実際よりも若く見えた。吊り目がちの眼差《まなざ》しが印象的で、彼もまた美丈夫といえる。

しかし、王子に対してオージストに感じたようなときめきはない。彼とて素敵な男性なのに、どうしてだろうか？

「ああ、言い忘れていたな。僕は第七王子のサンドロス。お前が抱かれたがっていた男だ」

第七王子ことサンドロスは、ティシアを見ながら悩ましげに眉を下げた。

「銀髪は好きなんだが……おかしいな」

「も、申し訳ございません……」

どう返したらいいのかわからないので、とりあえず謝る。

しかし、ティシアも彼に抱かれる自分を想像できなかった。むしろそれを考えるだけで、嫌悪感がこみ上げてくる。

あの日、王宮で会ったのがオージストではなく本物の第七王子だったとしたら、どうなっていただろう。きっと互いにその気にならず、なにも起こらなかった気がする。

もっとも、本音を伝えるわけにはいかないので、ティシアは黙って酌をした。

「うーん、酌をされるのは嬉しい。お前のことは嫌いではないし、むしろ好ましく思う。……が、なぜだろう……お前を女としては見られない。オージストの女だと思っているからだろうか？」

「……っ」

オージストの女と言いきられて、ティシアの頬が赤く染まる。

「まあいい、傍にいて酌をしてくれ。お前といると心地がいいのは確かだ。その銀髪……古い知人によく似ている」

サンドロスは、ティシアの髪を見て懐かしげに目を細めた。

「どんなおかただったのでしょう？」

彼が話したがっているようだったので、ティシアが先を促《うなが》す。

「二十年ほど前の話だ。僕は病《やまい》にかかって高熱を出し、子種を失った。一番上の王子ならともかく、僕は身分の低い側室の子だからね。僕に子供ができなくても国として問題はないし、僕も命が助かっただけマシだと思っていた」

ティシアは真剣にサンドロスの話を聞く。さらりと話しているが、当時は子種を失ったことが辛かったのではないのだろうか。

「でも、僕は子種を失う代わりに、すごい力を手に入れた。僕に抱かれた女性には、必ず幸せが訪れるんだ。お前もそれを信じて、王宮にきたのだろう？」

「……はい」

実際は処女を散らす必要があったからだが、ティシアは話を合わせる。

「この力は一体なんなんだろうね？　まあ、神様の考えることなんて人にはわからない。これも神様の思《おぼ》し召しとして、僕は受け入れることにした」

サンドロス自《みずか》ら噂《うわさ》を肯定したので、ティシアは驚いた。こんな風に言いきるのだから、噂《うわさ》は本当なのだろう。

「僕に抱かれた女は幸せになり、二度と僕の前に来なくなる。つまり、僕は今までの人生で、同じ女性を二度抱いたことはない」

「そうなのですか……」

それはとても悲しいことのような気がした。まるで、幸せになるための踏み台にされている気がする。

思えば、第七王子のふりをしていたオージストも、ティシアが幸運を求めていないからこそ抱いてくれたのだった。サンドロスから話を聞いて、幸運だけを求める女性に嫌気が差していたのかもしれない。

「でも、たった一人だけ例外がいた。それが、僕が十八の頃に出会った銀髪の女性だ。その頃には噂《うわさ》は広まり、僕に抱かれたくて沢山の女性が押し寄せてきたよ。いくら女好きの僕でも、うんざりしたさ。女性から隠れるために、使用人の寝室で寝たりもしてね。……そこで、美しい銀の髪をした女性に出会ったんだ」

サンドロスはそう言って、ティシアの髪を撫《な》でた。

「彼女は、僕に抱かれようとはしなくてね。それどころか、女性に追われている僕を何度も助けてくれた。僕が逃げていると、どこからともなく現れて、僕を匿《かくま》ってくれたんだ」

ティシアたちが逃げるときに使った通路もそうだが、王宮にはいくつかの隠し通路が存在するらしい。王族は王族専用の通路しか知らないだろうし、その銀髪の女はなにかしらの隠し通路を知っている使用人だったのだろう。

「僕は彼女に惹《ひ》かれていった。王宮で会ったのだから、王宮のどこかで働いていたに違いない。けれど、彼女は名前も、仕事も教えてくれなかった。探そうとしたけど、それらしき銀髪の女性は見つからなかったよ」

サンドロスがティシアの髪を撫《な》でるけれど、その手つきにいやらしさはない。むしろ、銀の髪を通して、過去の女に思いを馳《は》せているようにも思えた。

「そんなある日、僕はとうとう彼女に手を出してしまった。彼女も幸せになってしまったら、僕の前に現れてくれなくなるかもと思ったけど――こみ上げる思いを、どうしても我慢できなくてね」

ふうっと、サンドロスはため息をついた。

「でも彼女は、そのあとも僕に会ってくれた。彼女こそ運命の女性だと思ったよ。彼女と会うたび、僕は本気になっていった。身分なんて関係ないと求婚しようとした矢先、彼女は突然いなくなった。いくら王宮を探しても、それどころか王都中の銀髪の女性を探しても、彼女は見つからなかった」

「まあ……」

それを聞いて、ティシアは彼が可哀想になる。別れを告げられるならともかく、なにも言わずに姿を消されたら、そう簡単には諦められないだろう。

「それから、僕は僕に抱かれたいという女性を拒《こば》むことはなくなった。いくら女好きと言われようとも、いつかまた彼女が僕に会いにきてくれるかもしれないと思ったんだ。だから門の近くに僕専用の離れを建てて、門番には簡単な審査で通すようにと伝えたりもした」

ティシアは王宮に行った日のことを思い出す。耳飾りを見せるだけで門を通してもらえたのも、門と王子の住まいが近かったのも、全てそういうことだったのかと思うと、彼の銀髪の女への執念を感じられた。

「でも、彼女が僕のところに来ることはなかった。彼女に会えないまま、僕は一生独り身で過ごすんだろうね。ただ、何度も僕に抱かれた彼女は、どんな幸運を手に入れたんだろう？　今でも彼女のことを考えるよ。特に、銀髪の女性が来たときにはね。でも……」

サンドロスはそこで、ティシアの銀の髪から手を離した。

「どうしても、お前には食指が動かないんだ。なんでだろうね」

不思議そうに、彼は首を傾《かし》げる。

不敬にあたるので口には出さないが、ティシアも同じ気持ちだ。彼は美丈夫なのに、抱かれたいとは微塵《みじん》も思わないのだ。

彼の傍にいると居心地がいいし、髪に触れられるのも嫌ではない。それなのに、肌を重ねることだけは想像すらしたくない。

「まあ、これもオージストのせいだろう。部下の女性に手を出すほど僕は困っていないし、あいつは怒らせると怖いからな。本能で面倒事を避けているのだろう。……さて」

サンドロスは広間を見渡す。離れた場所から、ちらちらと彼に秋波を送っている娼婦が何人もいた。彼が手招きをすると、嬉しそうな顔をして近づいてくる。

「昔のことを話せて、少しすっきりした。聞いてくれてありがとう。オージストとの結婚式には呼んでくれ」

「結婚式？　な、なんのことですか！」

ティシアは動揺する。

「ん？　オージストと結婚するんだろう？　女遊びをしないあいつが専属娼婦に指名するなんて、よっぽどのことだ」

「ち、違います。そんなつもりはありません」

「そうか？　……まあ、あいつから逃げられるとは思わないが」

サンドロスは意味ありげな笑みを浮かべる。

「もうよい、下がっていいぞ。楽しかった、礼を言う」

「……恐悦至極にございます」

一礼してティシアが下がると、手招きされた娼婦たちがサンドロスの周囲に群がった。

最後にとんでもないことを言われ、どっと疲れる。

しかし、宴《うたげ》はまだ始まったばかりだ。

ざっと周囲を見回したあと、ティシアは誰も娼婦がついていない客の隣に座った。ふたり組で、人の輪から少し離れた場所にいる。

「おお、これはまた珍しい色のが来たなあ！」

「みんなすぐ他の場所に行っちまうから、気がきかない女ばかりだと思ってたんだよ。こんな色の女がいるなら、他のやつが来なくてよかったかもしれないな」

「ほら、はやく酌だ、酌」

客は空《から》の杯を顎《あご》でさす。彼らの言い回しといい態度といい、なんだか嫌な感じがするものの、ティシアはにこやかに答えた。

「申し訳ございません、すぐにお注《つ》ぎしますね」

そう言いながら、ここに娼婦がついていなかったのは、避けていたからだということに気付く。

確かに、彼らの傍にはいたくない。

それでも、誰かが酌をしなければならないと考えると、ここを離れるわけにはいかなかった。普段、楽をしている自分が相手をするべきだろうと、ティシアは笑みを浮かべたまま黙々と酌をする。

サンドロスを含めて、他の客たちは娼婦と楽しそうに会話をしているが、彼らはティシアを会話に加わらせようとはしなかった。すぐ近くに座っているのに、疎外感がある。

彼らの会話から察するに、片方の男は大臣で、もう片方の男は商人のようだ。同じ大臣でも、オージストとは雰囲気がかなり違う。

大臣である男は中年だ。十年前に遭遇したあの大臣の可能性がある。

気付かれることはないと思うけれど、ティシアは緊張してしまった。強張《こわば》ってしまう表情を悟られないよう、必死に笑顔を貼り付ける。

商人のほうは、王都に来る途中にティシアが借りた耳飾りと同じものを身につけていた。この場にいるということは、大臣が贔屓《ひいき》にしている商人なのだろう。

しばらくすると、商人のほうがティシアの肩に手を回してきた。ぞわりと、肌が粟立《あわだ》つ。

だが、娼婦として酌をしているのだから、このくらいは我慢しなければならない。ティシアは凍り付いた笑顔のまま酌を続けた。

すると、大きな咳払いが聞こえてくる。

顔を上げると、近くの壁際にギズが立っていて、睨むような視線を商人に向けていた。彼はわざとらしく、胸元を指先でとんとんと叩いている。ティシアの首飾りを見ろと、暗に示しているらしい。

商人は顔をしかめたものの、大人しくティシアから手を離した。

少し触られるくらいは我慢しなければと思っていたので、ほっとする。

杯が空《から》になると、ティシアはさりげなく強い酒を注《つ》いだ。いっそ、酔わせて潰《つぶ》したほうがいい気がする。

どんどん酒が入り、彼らの顔が赤らんできた。上機嫌になった商人が、急に小声で話しだす。

「そういえば、大臣様。毛長鼬《フェレット》のことなんですが……」

毛長鼬《フェレット》は金持ちだけが飼える高級な動物だ。細長い猫のような、可愛らしい姿の動物だと聞いたことがある。

ティシアは毛長鼬《フェレット》が気になって、つい耳を傾けてしまう。

「おお、準備はできたのか？」

「はい、今回の毛長鼬《フェレット》は可愛いものばかりですよ。ほら、この娘のような毛色の毛長鼬《フェレット》も入る予定です」

「きゃっ」

商人がティシアの髪をぐいっと引っ張ったせいで、思わず前屈みになる。

ギズが駆け寄る気配に、商人はぱっと手を離した。それを見たギズはそのまま再び壁際へ戻る。

「そうか、銀の毛長鼬《フェレット》は高値で売れるからなぁ……」

にやにやと、大臣が笑みを浮かべた。

「ええ、すばしっこいので、逃げられたら困ると、まだ庭を散歩させています。直前にカゴに入れようかと。少々痩せていますが、いい値がつきますよ」

文官は政務だけではなく、商売をしている者も多い。おそらく、大臣は毛長鼬《フェレット》の商《あきな》いもしているのだろう。

銀色の毛を持つという毛長鼬《フェレット》が、ティシアは気になった。

「では、名簿も直しておかねばな」

名簿と聞いて、ティシアは驚く。

王都では、税金を管理するために住民の名前や年齢、そして収入などを記した管理台帳が存在し、名簿と呼ばれている。

それは栄えている王都だけの仕組みで、ティシアの住む村にはない。

十年前まではティシアとシプリーも、本名が名簿に載っていたけれど、今は抹消されているだろう。

そんな名簿が毛長鼬《フェレット》にまで存在するなんて、さすがは高級な動物だとティシアは思ってしまう。

「して、その毛長鼬《フェレット》の名前は？」

「コリーナです」

「……っ！」

その名前を聞いた瞬間、ティシアは酒瓶を落としそうになった。慌てて、先ほど引っ張られた髪に触れ、乱れを直すふりをする。

毛長鼬《フェレット》ではないが、銀の髪を持つコリーナという人間なら知っている。

これは、ただの偶然だろうか？　それとも――

「よし、直しておこう。さて、すばしっこいと言っていたが、簡単に捕まえられそうか？」

「問題ないとは思いますが……目玉商品ですからね。念のために、少し人を貸していただければ助かります」

「うむ、わかった。ならば、当日がいいだろう。市場の時間を考えると……三日後の昼に人を遣わせば、丁度いいだろう」

「ええ、お願いします。場所は通りの薬草屋のあたりに。いやね、あそこの店主によくなついている毛長鼬《フェレット》なんですよ」

商人はにやにやしながら話す。

毛長鼬《フェレット》なんて高級な動物が、放し飼いにされているはずがない。そして、あの薬草屋の店主は、コリーナに優しくしていた。

まさか――

嫌な予感がして、ティシアは硬直する。しかし、態度に出せばおかしく思われてしまうと、必死で笑顔を貼り付かせた。

彼らはティシアのことを気遣うことはなく、違う話題にうつる。内容は金儲けのことばかりで、それ以降、毛長鼬《フェレット》の話が出ることはなかった。

ようやく宴《うたげ》も終わり、その場にいた男たちの半分は娼婦とともに部屋に消え、もう半分は帰って行く。女好きというサンドロスは意外にも帰り、ティシアが酌をした大臣と商人も帰って行った。

食べ尽くされた料理と空《から》になった杯の前で、ティシアはぼうっと座りこむ。そこに、ギズが声をかけてきた。

「大丈夫でしたか？　あの人たちは時折来るんですが、癖があるので、お嬢さんたちも困っているんですよ。お疲れになったでしょう？」

「ありがとう、大丈夫です」

ティシアは彼らの相手をして疲れたのではない。多少は触られたけれど、そのたびにギズがわざと音を立てたりして助けてくれたので、特に酷いことはされなかった。

それよりも気になるのは毛長鼬《フェレット》の話だ。コリーナという銀色の毛長鼬《フェレット》は、本当は人間ではないのだろうか？

「お茶をお持ちしましょうか？」

「いえ……それよりも、聞きたいことがあるんですが」

ティシアはギズを見た。

コリーナには、彼と一緒に会ったことがある。そのとき、彼は気になることを言っていた。彼女と関わるなとか、意図的に感染症の噂《うわさ》を立てられた気がする、とか。

「なんでしょう？」

「あの、この前会ったコリーナのことなんですが……。どれ――んむっ」

奴隷と言いかけたところで、ギズの大きな手がティシアの口を塞ぐ。

「なにか聞いたのですか」

ギズは冷たい声色《こわいろ》で問いかけてきた。口を塞がれているので返事ができず、ティシアはこくこくと頷《うなず》く。

「そのことは忘れてください。俺たちには、どうにもできないのです」

「……っ！」

「あなたはただの娼婦で俺は娼館の用心棒にすぎない。なにもできることはないのです。そもそも、客の話を外に漏《も》らすのは娼婦としてあるまじき行為です。どんな内容であっても、密告することは許されません」

言い聞かせるように、しかし強い口調でギズは言った。

「いいですか、今後は絶対にそのことを口にしないように。お金を稼いだら、故郷へ帰るのでしょう？　……帰れなくなりますよ」

そう言われて、脳裏にシプリーの姿が浮かんだ。そう、薬草を持って無事に帰らなければならないのだ。そのために、ティシアはここにいる。

ティシアの表情が変わったのを見て、ギズは手を離した。

「失礼しました」

無言になったティシアを残し、ギズは後片付けの手伝いに入る。

客を捕まえられなかった娼婦たちは広間から出て行った。ティシアもまた、沈んだ気持ちで部屋に戻る。

その夜は、ほとんど眠れなかった。毛長鼬《フェレット》の話と、コリーナのことばかり考えてしまう。

感染症の噂《うわさ》を流せば、コリーナはその容姿を利用してお金を稼ぐことができなくなる。そして、彼女が突然いなくなったとしても、借金を持つ女が消えること自体は珍しくもなんともない。

奴隷商にとっては、銀髪白肌の珍しい商品を簡単に手に入れることができて、いいことずくめだ。

コリーナとはほとんど話したことがないから、ティシアは彼女がどんな性格なのか、そもそもいくつなのかすら知らない。

しかし、コリーナのことが、どうしても気になって仕方ない。

それは、十年前のことが気にかかっているからだ。

あのとき、奴隷の話を聞いて、ティシアとシプリーはすぐに王都から逃げ出した。そのおかげでふたりとも無事に生きている。

シプリーの判断は正しい。あそこで誰かに告げていたなら、殺されていたかもしれない。それでも、もしあのとき行動を起こしていれば、奴隷商が捕まって、奴隷たちは助かったのではないかとも考えてしまうのだ。

ティシアは、十年前に助けられなかった名前も顔も知らない奴隷たちのことが気になって仕方なかった。

酌をしたあの大臣が、十年前の大臣と同一人物かどうかまではわからない。

もし、王都にはびこる奴隷商の問題が片付けば、ティシアたちはもう怯《おび》えることなく暮らせるだろう。髪と肌の色を変える薬だって、必要なくなる。

そしてオージストに、自分が初恋の少女であると打ち明けることができるのだ。

ティシアは、自分がなにをすべきか考える。しかし、ただの娼婦である自分にできることはなにもなかった。

翌日、一日ぶりにオージストが訪れる。忙しいのか、彼は少しばかり疲れたような顔をしていた。

「お休みになっていないのですか？　寝台で少し横になります？」

「いや、いい。それより酌をしてくれ」

「お酒はやめておいたほうが……。疲れがとれるような薬湯でも煎《せん》じましょうか？」

「む、そなたの薬湯か。それは飲みたい」

「では、用意しますね」

ティシアは一旦自室に戻り、薬草と道具を持ってオージストが待つ部屋へと戻る。彼の目の前で薬湯作りを始めると、興味深そうに覗きこんできた。

「なるほど、それらを混ぜるのか。効果は薄いが、口当たりはよくなりそうだな」

「はい。疲れているときに苦い物を飲むと、気持ちも沈んでしまうので。軽く甘い口当たりにしたほうが、気分がいいかと思ったのです」

「女性ならではの視点だな。この組み合わせは、そなたが考えたのか？」

「は――い、自分で考えました」

実際はシプリーが考えたものだが、ティシアの母は料理人ということになっているので、慌てて言い直す。オージストに飲ませると、彼はほうっと息をついた。

「確かに飲みやすい。――それに、どこか、懐かしい味がするな」

シプリーが王宮で働いていたとき、この薬湯を様々な者に振る舞ったことだろう。子供でも飲めるものなので、幼きオージストが口にしていても、おかしくはない。

ティシアは誤魔化《ごまか》すように愛想《あいそ》笑いを浮かべる。

「体が温かくなってきたな。ふむ、今宵は酒はやめておこう」

オージストの声色《こわいろ》が明るくなって、ほっとする。そして、会話が弾《はず》んできたところで、ティシアは話を切り出した。

「あの、オージスト様。昨日、王宮の偉いかたが沢山いらっしゃって、ここで宴会をしていたのです」

「ああ、知っている。殿下もいらしたのだろう？　私は仕事があったので断ったが、定期的にここで宴《うたげ》をするのだ。そなたも酌をしたのか？」

「はい。でも、わたしは専属娼婦なので、お酌をするだけでしたが、その……そこで興味深いことを聞きまして」

「ほう？」

ぴくりと、オージストの片眉が上がる。

「毛長鼬《フェレット》の話なんです」

「毛長鼬《フェレット》？　ああ、愛玩動物だな。欲しいのか？」

強請《ねだ》っていると思ったのか、彼が問いかけてくる。

「い、いえいえ！　一回くらい見てみたいとは思いますけれど、飼うなんてできません！」

「そうか、そなたは毛長鼬《フェレット》を見たことがないのか」

うんうんと、オージストは頷《うなず》く。まさかとは思うが、次に来るときに毛長鼬《フェレット》を連れてきそうだ。

そうならないために、ティシアは慌てて続ける。

「あの、大臣様と商人のかたが話していらっしゃって……。なにやら、銀色の毛長鼬《フェレット》がいるとか」

「銀色だと？　白と黒と茶色しか見たことがないが、そんな毛色の毛長鼬《フェレット》がいるのか？」

オージストがいぶかしげに眉をひそめる。

「はい……毛長鼬《フェレット》の名前も決まっているようで、コリーナというみたいです」

「……む」

彼は微かに目を見開いた。

オージストはコリーナとは会っていない。しかし、彼と街に出かけた日にティシアは同じ銀髪のコリーナという名の女性と間違えられた。彼がその名を覚えていることを祈るばかりだったけれど、反応したところを見ると、聞き覚えがあるようだ。

「毛長鼬《フェレット》って、すごいですね。人間みたいに名簿が存在するみたいで、大臣様が『名簿を直す』と仰《おっしゃ》っていました。政務以外に、毛長鼬《フェレット》の商《あきな》いもしていらっしゃるらしいですよ」

「……ふむ」

「それに、コリーナという毛長鼬《フェレット》はすばしっこいので、捕まえるために、わざわざ大臣様が人を派遣するそうです。市場で売る当日……明後日の昼に捕まえるという話をしていらっしゃいました」

「明後日だと？」

オージストの表情が、明らかに変わった。

「はい、確かにそう聞きました」

「そうか……」

彼は黙ってしばし考えこむ。そして、残っていた薬湯をぐいっと飲み干すと、空《から》の杯を置いた。

「仕事が忙しいので、今日はもう帰る。……それと、数日は来られぬ」

「え……」

立ち上がったオージストを見て、ティシアは思わず彼の服の裾《すそ》をつかんだ。

「どうした？」

「えっ、あ、すみません」

離れていってしまうのが寂しくて、咄嗟《とっさ》に伸ばしてしまったが、ティシアはぱっと手を離す。

「ティシアよ。今の話、誰にも話してはおるまいな？」

「……は、はい」

ギズには話しそうになったものの、詳細は伝えていない。

「ならば宜しい。そなたも、この話は忘れるように」

「あの、毛長鼬《フェレット》は……毛長鼬《フェレット》は、どうなりますか？」

「それは、そなたが心配するようなことではない」

「……っ」

ぴしりとした声が返ってきて、ティシアはなにも言えなくなる。彼との間には、壁があるのだと感じた。

「よいか、これはそなたには関係のない話なのだ。忘れるように」

素直に頷《うなず》けばいいのに、首を動かすことも、ましてや返事をすることもできなかった。

オージストはティシアの頭を撫《な》でて、部屋を出て行ってしまう。見送りはいらないようだ。

ひとりになると、ぽろりと涙が一筋、流れ落ちる。

「……っ、う……」

ティシアは、「奴隷」という言葉をはっきりと口にすることができなかった。遠回しな表現でしか、彼には伝えられていない。

それは、心のどこかで彼を信用していないことの証《あかし》でもあった。

正直に「奴隷市場の話だと思う」と彼に伝えたら、もしかしたらなにか教えてくれたのかもしれない。

しかし、ティシアにはそれができなかった。十年前の件に、彼の父親が関与していた可能性を捨てきれないのだ。

もし彼の父親が関係していたなら、彼だって今、奴隷市場に関わっている可能性がある。そう考えると、毛長鼬《フェレット》の話をしたことすら間違いだったのではないかと思ってしまう。

あのときの大臣は、ティシアたち母子のことを忘れているだろうか。それとも、未だに探し出して殺そうとしているのだろうか。

王都を出て約十年。ここ数年は気が緩んでいたし、だからこそティシアも王都に来てしまった。だが、見つかったら殺されると怯《おび》えながら、十年もの間を生きてきたのだ。あの大臣への恐怖は今も変わらずこの胸に巣食っている。未だに、見つかって殺される悪夢を見ることもある。

だからこそ奴隷とは言えず、あくまでも毛長鼬《フェレット》の話としてオージストに伝えたのだ。もし彼が奴隷市場に関わっていたら、ティシアはなにも気付いていないふりをして「毛長鼬《フェレット》ってすごいんですね」としらを切るつもりだった。

「わたし、中途半端ね……」

ティシアは呟いた。

オージストに頼ろうとしながら、彼を信用しきれない。

奴隷市場をなんとかしたいと思いながら、自分のした行動のなんてささやかすぎることか。

「ああ……」

ティシアは、自分は本気で奴隷を救いたい訳ではないのだと自覚した。

（ただ、嫌な思いをしたくないだけ――）

十年前になにもせずに逃げたことに、罪悪感があるのだ。ここでまたなにもしなかったら、更に強い罪悪感にとらわれるだろう。

それが予想できるから、少し行動を起こしてみただけなのだ。自分はできることをしたと言い訳できるように。

自分本位の行動の上、オージストを信じきれないのも情けない。

頭の中がぐちゃぐちゃで、自分はどうすべきだったのか、ティシアにはなにもわからない。

様々な感情がこみ上げてきて、それが涙となって溢《あふ》れ出す。

「……っ、う……」

涙を止める術《すべ》を思い浮かばず、ティシアはただひたすら涙を流し続けた。

翌朝のティシアは、それはもう酷い顔だった。

目の周りが真っ赤で、炎症を抑える薬草で手当てしてみたものの、誤魔化《ごまか》しきれない。顔をあわせた娼婦仲間に心配されてしまった。

オージストはしばらく来ないと言っていたけれど、こんな顔は見せられないので、よかったと思ってしまう。

せめてもの気分転換にと、浴場《ハマム》に向かっていると、ミーラが声をかけてくる。

「あら、ティシア！　どうしたの、その顔」

「その……色々ありまして……」

「……まあ、気分が沈む夜もあるわよね」

娼婦が泣くことは珍しくないのだろう。ティシアが言い淀《よど》むと、彼女は深く追及してこなかった。この距離感が心地いい。

「ねえ。今、面白い子が面接に来ているみたいなの。見に行ってみない？」

「え……？」

面白い子とは、どんな人なのか。気になるけれど、面接の邪魔をするのも……と思い悩んでいると、ミーラはティシアの腕を引いて歩き出す。

「えっ？　ええっ!?」

「とりあえず、行ってみましょうよ」

そのまま彼女に引きずられるように、ティシアは自身も面接をした場所へと連れて行かれた。そこには、既に数人の娼婦がいて、遠巻きに様子をうかがっている。

「ほら、あそこよ」

店主の向かいの椅子に、綺麗な女が座っていた。歳はティシアと同じくらいだろうか？　少々痩せ気味に見えるけれど、その顔は美しく、この娼館でも十分働ける容姿だ。

とはいえ、綺麗な女が面接を受けるのは珍しくない。どうして、こんなに集まっているのだろうと思ったそのときだった。

「じゃあ、脱いで背中を見せてくれるか？」

店主がそう声をかける。彼は、無闇やたらに娼婦の体を見るような人物ではない。ティシアの面接のときだって、肌を見せろとは言われなかった。

ティシアが疑問に思っていると、面接を受けている女は躊躇《ためら》うことなく上衣を脱ぎ、背中を向ける。

「あっ」

彼女の背中を見た娼婦たちがざわめき出した。ティシアも驚いて、息を呑む。

その細い背中には、家畜に押すような焼き印が押されていたのだ。

店主は腕を組みながら、うなる。剥《む》き出しになった彼女の胸などには興味を示さず、ただ焼き印を眺めていた。

「うーん……すまないね。うちで娼婦として働くのは難しいな」

「そうですか……」

女は落ちこんだ様子で、上衣を着た。

「少し、話を聞いてもいいかい？　どこで、それを」

「……はい。十年前に奴隷商人に売られて……そこでこの印を押されました。もう昔のものなので、これでも少しは薄くなったんです」

「……っ！」

十年前、奴隷商人――

彼女の言葉に、ティシアは頭をがつんと殴られたような衝撃を受けた。

名前も、顔も知らなかった奴隷たち。そのひとりが今、目の前にいるのだ。

もちろん、ティシアが聞いてしまった奴隷市場とは違うのかもしれないが、時期があっているだけで、吐き気がこみ上げてくる。

「十年前……すると、七歳か。辛かったね」

店主はいたわるように声をかけた。

七歳といえば、その頃のティシアよりも年下だ。ティシアが誰にも言わず逃げた一方で、こうして奴隷として売られた少女がいる。

あのときは逃げるしかなかった。逃げなければ、ティシアたちは殺されていただろう。誰にも言えなかった、仕方なかったのだ。――それでも。

「……っ、は……」

ティシアは思わず、膝をついた。

「ティシア、どうしたの！」

「ティシア！」

自分の名前が聞こえる。しかし、意識がどんどん遠くなっていき、世界が真っ暗になった。

「ん……」

気が付くと、ティシアは寝台に寝かされていた。おそらく、用心棒の誰かが運んでくれたのだろう。

身を起こすと、少し離れた場所で本を読んでいたミーラが駆け寄ってくる。傍についていてくれたようだ。

「大丈夫？」

「……はい」

心配そうに訊《たず》ねられ、ティシアは静かに頷《うなず》いた。まだ気持ちが悪いけれど、精神的なところからくるものだ。病気ではない。

「さっきも酷い顔してたじゃない。今日はお休みをもらったら？　わたしから店主に言ってあげるわ」

「大丈夫です……専属のお客様は、しばらく来られないと仰《おっしゃ》っていたので……」

「あら、丁度よかったじゃない。なら、今日はゆっくりと休むといいわ。水でも飲む？」

「はい、飲みたいです」

ミーラは部屋の外に出て、水をもらってきてくれる。一息に飲みほすと、気持ちが落ち着いてきた。

「あの……先ほどの人は？」

「ああ、面接を受けてた子ね。使用人として雇うって。娼婦に比べたら大分給金は減るけど、他のお店に比べたらいいからね。まったく、店主は人がいいのか悪いのか……」

　ミーラはため息をつく。

「まんまと店主に嵌《は》められたわよね」

「え？」

「あそこに娼婦たちが集まっていたでしょ？　店主が噂《うわさ》を流してわたしたちを集めたのよ。あの焼き印の痕《あと》を見せて、彼女は綺麗でも娼婦としては働けないってことを、わたしたちに知らせたかったのね」

　なぜ、店主がわざわざそのようなことをするのか。ティシアが小首を傾《かし》げると、ミーラは説明してくれる。

「あの容姿なら、使用人ではなく娼婦として働けるでしょう？　そのほうがお金だって稼げるし。わたしたち、きっと娼婦になったらいいのにって声をかけちゃうわ。そしたら、そのたびにあの子は自分が奴隷だったことを説明しなきゃならなくなる」

「確かに……」

　ティシアは頷《うなず》く。

「そうさせないために、店主はわざとあれを見せたのよ」

「え……！」

「そうすればわたしたちの間で噂《うわさ》が広まるでしょう？　痕《あと》を見せて欲しいとせがむような人も、過去を詮索しようとする人も出てこないでしょうし、彼女にとっても過ごしやすくなるはずよ」

「……本当にすごい人なんですね」

それを聞いて、ティシアは感心してしまった。

以前から、店主の気の回しかたは素晴らしいと思っていたが、まさかそこまで考えていたとは。

そして、それを理解しているミーラもまた、人のことをよく見ていると思った。

「そういう店主だからこそ、ここは高級娼館にまでなったのよ。店主がろくでもない人だと娼婦も他の店に移るし、店の雰囲気が悪ければお客様にもそれが伝わるもの。店主のおかげでとっても居心地がいいから、みんなここでお仕事を続けてしまうのよ」

「……お気持ち、すごくわかります」

アラーニャ娼館は、とても居心地がいい。ティシアはシプリーに早く薬を飲ませたいから、薬草を買ったらすぐに帰らなければならないけれど、去りがたい気持ちもあるのだ。

「さて、顔色もよくなったわね。わたし、そろそろ仕事があるから行くけど、あなたはゆっくり休んでなさい」

「ミーラさん、ありがとうございます」

「いいのよ」

彼女は読んでいた本を持って部屋を出て行く。

再び眠気を感じたティシアは横になると、現実から逃げるように瞳を閉じた。

それからたっぷり寝て、食事もきちんととり、一日休んだことでティシアは体調が戻った。

次の日、早朝に目が覚めたティシアは、浴場《ハマム》に向かう。

すると、そこには昨日面接を受けていた女がいた。この時間なら誰も浴場《ハマム》にいないと思っていたので、ティシアは驚いてしまう。

（よりにもよって、彼女がいるなんて……）

しかも、彼女は服を脱いでいる最中だった。もしかしたら、痕《あと》を見られたくなくて、この時間にこっそり入浴しようとしていたのかもしれない。

気を使い部屋に戻ろうとすると、彼女は明るく声をかけてきた。

「おはようございます！　早いんですね」

「……あなたも早いのね。ごめんなさい、わたし、邪魔してしまったかしら？」

「いいえ！　あたしは習慣でこの時間には目が覚めてしまうんです。この浴場《ハマム》は広いですし、一緒に入りましょう」

「え、ええ……」

会話の流れで、一緒に入ることになってしまった。彼女に負い目を感じているティシアは、気まずい思いのまま服を脱ぐ。

「あたし、ジェマっていいます。宜しくお願いしますね！」

「わたしはティシアよ、宜しく」

どうやら彼女は、とても社交的なようだ。にこにことよく話しかけてくる。

広い浴場《ハマム》には誰もおらず、ティシアとジェマの二人だけだ。さすがにこの時間には、垢《あか》すり師もいない。

「道具はあるけど、垢《あか》すり師はいないわね……」

「じゃあ、あたしが背中を洗いましょうか？　垢《あか》すり得意なんですよ。さあ、座ってください！」

ティシアは半ば強引に座らされ、ジェマに垢《あか》すりをしてもらう。彼女の言う通り、垢《あか》すり師に劣らないくらい気持ちがよかった。

「はい、綺麗になりましたよ」

「ありがとう、とっても気持ちがよかったわ」

「いえいえ」

ジェマはそう言うと、自分の体を洗いだす。自分だけしてもらったことが申し訳なくて、ティシアは思いきって彼女に声をかけてみた。

「あの……あなたが嫌じゃなければ、わたしも背中を洗いましょうか？　その、本当に嫌じゃなければ、なんだけど……」

「え、いいんですか？　あたしの背中、気持ち悪くないですか？」

「そんなことないわ！」

ティシアは自分でも驚くような大声で否定した。ジェマも一瞬驚いた顔を見せるが、すぐに笑う。

「じゃあ、お願いします！」

そう言って、彼女は背中を向けてきた。焼き印の痕《あと》を目にして、ティシアはぐっと息を呑む。

焼き印をつけたあと、すぐに処置をしなかったのだろう。皮膚《ひふ》が酷くただれている。

ティシアはそっと、彼女の背中を洗い始めた。すると、彼女が体をよじらせる。

「……っ、くすぐったいです！」

「ごめんなさい！　その、あまり力を入れないほうがいいかと思って……」

「大丈夫ですよ、もう全然痛くないので。思いきりやっちゃってください」

「わかったわ」

今度は適切な力加減で背中を洗う。すると、ジェマは気持ちよさそうに声を出した。

「あー、これ、本当に気持ちいいですねー！」

「そう？　ならいいのだけど……」

ティシアは他人の垢《あか》すりをしたことがないから、垢《あか》すり師の見よう見まねで彼女の背中を洗う。

泡に隠れた焼き印は、お湯で流すと再びティシアの目の前に現れた。

この痕《あと》を治せる薬があればいいのだけれど、十年前のものはさすがに治せない。この痕《あと》は一生、彼女の背中から消えないだろう。

体を洗い終わって、二人は蒸し風呂に入る。

「使用人もこのお風呂を使っていいのは、嬉しいです」

「……そうね」

肩を並べて座っているけれど、ティシアは彼女になんて声をかけたらいいか、わからない。その空気を察したのか、ジェマのほうから口を開いた。

「あたし、とっても運がいいんですよ」

「え……？」

「いやね、あたしの家はとっても貧乏でして……。親に奴隷商人に売られちゃったんですけど、あたしを買ってくれたのが高齢のお爺《じい》ちゃんだったんですよ。ずっと独り身で、世話をしてくれる人がいないから、あたしを買ったって言ってました」

ジェマは足をぶらぶらさせながら話す。

「奴隷っていうから、酷いことされるかと思ったんですけど、あたしのことを孫みたいに扱ってくれました。当時はまだ七歳だったから、ろくに役に立てなくて、むしろあたしのほうがお爺《じい》ちゃんにお世話してもらっちゃったんです。世話を頼むなら、子供じゃなくて、もっと年がいってる人に頼みますよね？」

「え、ええ……」

確かに、その人は世話をさせるよりも、ジェマの世話をするつもりで買ったような気がする。

「奴隷市場って、どういうものだか知ってます？　あそこでは、奴隷の焼き印をお客さんの前で押すんですよ。その様子を見て、客が奴隷を選ぶんです」

「……っ」

なんて酷いことをするのかと、ティシアは言葉を詰まらせる。

「すごく痛くて苦しくて、喉から血が出るくらいに泣きわめいて……。それを見て、奴隷を買いにきた客は笑ってました。でも……あたしを買ってくれたお爺《じい》ちゃんだけが、笑ってなかった」

ふと、ジェマは目をすがめる。

「あたしが可哀想だったんですかね……？　あとで知ったんですけど、子供の奴隷は、それはもう酷い目に遭わされるのが普通なんですって。あたしを買ったお爺《じい》ちゃんだって、奴隷を買いにくるくらいなんだから、悪い人なのは確かなんですけど。でも、あたしにとっては……いいお爺《じい》ちゃんでした」

彼女はそう言うと、にこりと笑った。

「あたしはお爺《じい》ちゃんのところで、孫のように育てられました。もちろん、大きくなって料理とか色々なことができるようになってからは、あたしがお爺《じい》ちゃんのお世話をしましたけど。一緒に暮らしていたあの時間は……正直、貧《まず》しい生家での暮らしより、よほど幸せでした」

「幸せ……？」

「はい、幸せですよ！　だって、奴隷として売られたのに、普通に生活できるなんてなかなかないですよ？　しかもお爺《じい》ちゃんは、そこそこお金持ちでしたし！」

ジェマはきっぱりと言いきった。

「お爺《じい》ちゃんが亡くなる前に、『俺が死んだら王都のアラーニャ娼館に行け』って言ってたんです。だからてっきり、娼婦として働けってことかなって思ってたんですが、もしかして、こうなることも見越してたのかな……。死んじゃったから聞けないけど」

ここの店主は、かなり人がいいし、頭もいい。それを知っていれば、ここに来いというのもわかる気がした。

「なーんか、みなさんあたしに気を使ってるみたいですけど、あたしの場合は奴隷らしくない生活を送ってたんで、かえって申し訳ないなって思っちゃうんです。だから、普通に接してくださいね！」

ジェマは真っ直ぐにティシアの目を見つめてくる。

おそらく、最後の一言を伝えたくて、あえて自分の過去を語ったのだろう。ティシアは頷《うなず》く。

「ええ、わかったわ」

彼女が辛くない人生を送ってきたことは、不幸中の幸いかもしれない。

だからといって、ティシアの罪悪感は消えない。たまたま彼女がいい人に買われただけであって、そうでない奴隷のほうが大半なのだ。

そして、もうすぐ奴隷市場が開かれるという情報をティシアは得ている。彼女のように、見世物のように焼き印を押され、売り払われていく女が沢山いるのだ。

コリーナも、今日の昼にはさらわれてしまう。彼女がジェマのように、いい人に買われる確率は低いだろう。

「……っ」

ティシアは今、自分がどうするべきなのかを考えた。

奴隷市場が開かれることと、コリーナがさらわれる場所まで知っているのは、おそらく自分だけだ。

「……あっ！」

そのときティシアは、あることに気付いた。

（もしかして、今のわたしなら救えるかもしれない！）

もちろん危険を伴うけれど、行動しなければまた後悔するような気がした。

王都から逃げ、自分たちの判断は正しかったと言い訳しながら過ごしてきた十年。それをまた繰り返すなんて、それこそ地獄だ。

(そんなのは、もう、嫌だ)

今は逃げるしかなかった十年前とは違う。ティシアには切り札があるのだ。

「ねえ、ジェマ。もし嫌だったら話さなくていいんだけど……奴隷市場って、どういう所だった？その、雰囲気とか、奴隷が捕らえられている場所とか」

真剣な表情で、ティシアが訊《たず》ねる。

「あ、やっぱり気になります？　あたしも気になって、奴隷市場のことをお爺《じい》ちゃんに聞いたことがあるんですよ。いけないことって、知りたくなりますよね！」

彼女は全然気にしていないそぶりで、語り始める。

「奴隷市場は違法だから、毎回場所を変えて、幕屋を作って行われるんですよ。幕屋だけなら商隊も張りますから、目立ちません。……とはいっても、王都から離れすぎると客が来ないので、そう遠くない場所なんですけど」

「そうなの……」

「幕屋はいくつもあって、そのうちのひとつが奴隷用です。奴隷用でも、銀髪の人とか高額で売れそうな人は衝立《ついたて》で分けているんですけど。あと、験担《げんかつ》ぎの黒豚も同じ幕屋に入れられていて、匂いがすごかったです。そういえば、この娼館の入り口にもいますよね、黒豚。商売する人って、ああいうの信じるんですねぇ……」

　黒豚と聞いて、ティシアははっとした。しかも、衝立《ついたて》があるのは都合がいい。

「奴隷って、どういう風に扱われるの？　縄で縛られたりとか？」

「いえ、縄ではなく足枷《あしかせ》です。青銅の足枷《あしかせ》だけこうやって、ガチャッと」

　ジェマは自身の足首に足枷《あしかせ》を嵌《は》める仕草をする。

「足枷《あしかせ》だけなの？　手を縛られたりは？」

「手は自由です。水は自由に飲むことができました。幕屋の中は暑いんで、水を飲まないと体調を崩しちゃいますし。でも、足枷《あしかせ》の鍵は奴隷商しか持っていないので、手を縛られていなくても逃げるのは無理ですね」

「そう……！」

　手が自由なら、やはりなんとかなりそうだ。

　ティシアが思い描いた計画は無謀ではない。なんとかできるはず。それには、まず準備をしなければ。

「ありがとう、ジェマ」

　覚悟を決めたティシアは、ぐっと掌《てのひら》を握りしめた。

　昼になる前、ティシアはギズにお願いして、一緒に外出する。いつもは髪を結ったりしないけれど、今日は後ろでひとつに纏《まと》めていた。

「今日は髪型を変えていらっしゃるんですね。素敵ですよ」

娼館の用心棒とあって、容姿の変化には敏感《びんかん》なのだろう。彼が褒めてくれる。

「……ありがとうございます、そういう気分なんです」

これから自分がするべきことを考えながら、ティシアは気のない返事をする。

目的の薬草屋に着くと、ギズに声をかけた。

「今日はゆっくり薬草を選びたいんです。申し訳ないのですが、その間にここに書いてある物を買ってきてくれませんか？」

ティシアは細々とした日用品を書いた紙とお金を彼に手渡した。

「いいですよ、お嬢さんたちのお使いも、俺の仕事ですから」

嫌がることなく引き受けてくれる彼に、少しだけ心が痛む。

「わたしはこのお店の中で薬草を選んでいるので、買い終わったらここに来てくれますか？」

「そうですね、この店の中にいてくれるなら安心です。では、行ってきます」

ギズはティシアが店に入るのを見届けてから、買い物に行く。あの紙のものを全て揃えるには、結構な時間がかかるだろう。

あとは、その間にコリーナが来てくれればいいのだが。

ティシアがそわそわしていると、前に会ったときと同じくらいの時間にコリーナがやってきた。

「あ……こんにちは」

彼女もティシアのことを覚えているのか、素っ気ないものの挨拶をしてくれる。そして、カゴを店主に見せて、勘定を待っていた。その隙にティシアは小声で彼女に話しかける。

「あなたにお願いがあるんだけど、いい？　お金はちゃんと払うから」

お金を払うと聞いて、コリーナはぱっと顔を上げた。

「なんでしょう？」

「沢山物を買う予定があって、少しの間だけあなたのカゴを貸して欲しいの。それと、今日は日差しが強いから、あなたが被っている布も」

「え……？」

「これだけ払うわ」

ティシアは彼女の手にお金を握らせる。それを見て、コリーナは目を瞠《みは》った。

「こんなに……！」

「ええ、そうよ。貸してくれるかしら？」

「はい、もちろん！」

コリーナは微笑《ほほえ》む。

「それと、もうひとつ……。ここに、わたしを探しにギズっていう大きな男の人が来るから、この手紙を渡して欲しいの」

「わかりました」

ティシアは手紙を彼女に託す。

薬草の買い取りが終わり、空《から》になったカゴと布を手渡された。

「じゃあ、しばらくしたらカゴを返しに戻ってくるから、ここで待っていてちょうだい。お願いよ」

「はい」

お金をもらった彼女は、疑うことなくティシアに従う。ティシアはコリーナのように布を被ってカゴを背負い、薬草屋の外に出た。

そして、きょろきょろと周囲を見回す。

「……っ！」

体格のいい男が三人、少し離れた場所から薬草屋を見ていることに気付いた。ティシアはわざと、その男たちのいる方向に歩いて行く。

布を被っているが、隠しきれない肌の色はさぞ目立つだろう。

ティシアが進む方向から、三人の男たちが歩いてくる。

「おい、あんたがコリーナか？」

「……はい」

俯《うつむ》きながら、ティシアは答えた。

「これを見てくれ」

男のひとりが、薄汚れた紙を見せてきた。それは、コリーナの父が交わした借用書だ。

「あんたの親父に金を貸した奴から、これを譲り受けた。だが、俺たちは長々と返済を待っていられない。もし大人しく俺たちについてきてくれるなら、これはなしにしてやる」

ついてくれるかと聞いておきながら、威圧感がすごい。しかも、三人はティシアを囲むようにして立っている。

「わかりました。その借用書を目の前で破り捨ててくれるなら、ついていきます」

ティシアが言うと、男たちは躊躇《ちゅうちょ》することなく、あっさりと借用書を破った。ティシアには逃げられないと思ったのだろう。

バラバラになった借用書は、風に吹かれて飛んでいった。

「これでいいか？　ちゃんとついてこいよ」

「は、はい」

ここまでは作戦通りだと、ティシアは男たちについて行く。街を巡回している警邏兵《けいらへい》に邪魔されなくてよかったと、内心ほっとした。

コリーナのふりをしてわざとつかまり、奴隷市場に潜入すること——それがティシアの作戦である。

コリーナの特徴は銀の髪と白い肌、そして背負ったカゴと髪を隠す布。たいていの人は銀髪白肌の人の顔を見わけるのは苦手だと聞くし、彼らはまんまとティシアをコリーナだと勘違いした。

奴隷市場に潜入できれば、ティシアには奴隷たちを救える方法がある。一度しか使えない方法だけれど、それを決行するつもりだ。

勝算はあるものの、万が一のために、ティシアはギズ宛ての手紙をコリーナに託した。そこには、自分がコリーナの代わりに奴隷商人に捕まるつもりだということが記してある。無事に戻る予定だけれど、もし娼館に戻れなければ、今までティシアが稼いだお金を母親に届けてくれと、村の場所を書いておいた。

不安になりつつも、大丈夫だとティシアは自分に言い聞かせる。

素直に従っているおかげか、ティシアは乱暴に扱われることもなく、外が見えないようになっている箱馬車に乗せられた。これは大臣が手配したものだろう、窓がなくて閉塞感があるけれど、椅子の座り心地はいい。

失敗しないように、頭の中で計画を思い描いていると、しばらくしてから馬車が止まった。王都からそれほど離れていないように思える。ティシアの村と同じくらいなのではと感じた。

「降りろ」

男に促《うなが》されて馬車を降りると、そこには大小様々な幕屋が連なっていた。西の方角には沢山の馬が繋がれていて、ここに大勢の人が来ていることがわかる。

幕屋だけでなく、路上の敷物に商品を並べて売っている者もおり、一見するととても奴隷市場には見えない。

ティシアは沢山ある幕屋のうちのひとつに連れて行かれる。

「……っ」

幕屋に入ってすぐ、家畜独特の匂いが鼻をついた。入り口の傍に、簡易な木の柵が作られていて、験担《げんかつ》ぎ用の黒豚が沢山いる。黒豚がきちんといてくれてティシアはほっとした。

奥には、十人ほどの女性たちが足枷《あしかせ》で繋がれている。彼女たちのすすり泣く声は、黒豚の鳴き声に消されていた。

ティシアは衝立《ついたて》で隔てた場所に座らされ、青銅の足枷《あしかせ》をつけられる。足枷《あしかせ》は頭くらいの大きさの鉛玉に繋がっていて、逃げられそうもない。

「お前はここで待ってろ」

そう言って、男は幕屋を出て行く。

ティシアはさりげなく周囲を見回した。自分のいる場所は、他の女たちがいる場所よりは綺麗に整えられている。

ジェマが言っていた通り、手が自由なのは助かる。ティシアはまず、王都に来る途中で商人から借りた耳飾りをつけた。そして結んでいた髪をほどき、片耳だけ見えるような髪型に変える。

幕屋の中をよく見回すと、脱出に使えそうなものは置いていなかった。手を自由にさせているのだから、武器になるようなものは置かないだろう。足枷《あしかせ》につけられた鉛の玉は、女が武器にするには重すぎる。

しかし、ティシアの計画にそんなものは必要ない。

まだかまだかと、大人しくそのときを待っていると、急に息苦しくなる。

「……っ、う」

どくどくと、鼓動が速まる。それは緊張しているからではない。

つい最近経験した、この感触は——

「……はぁ、っ」

ティシアの銀の髪が黒く戻り、肌の色も濃くなってくる。そう、夕方近くに薬が切れることがわかっていて、あえて飲んでいなかったのだ。

髪型も変えたし、今のティシアを見てもコリーナとは誰も思わないだろう。

ティシアは大きく息を吸う。

「誰か！　助けて、誰か！」

思いきり、何度も叫んだ。幕屋の外、遠くまで聞こえるように。

「ちょっと！　叫んだら殴られるわよ！」

衝立《ついたて》の向こう側から、気の強そうな女の声が聞こえてくる。

「大丈夫よ、あなたたちは大人しくしていて」

そう声をかけてから、再び叫んだ。すると、先ほどティシアを繋いだ男が幕屋に入ってくる。

「なんだ、うるさいぞ。誰だ、叫んでいたのは？」

「助けて！」

「あ？　銀髪の女か？　これからどうなるのか理解して、急に怖くなったのか？」

入り口からは衝立《ついたて》の奥が見えないのだろう、男はティシアのほうに近づいてくる。そして、銀髪の女が黒髪に変わっているのを見て、声を上げた。

「……っ、なんだこれは！　確かに、銀髪の女がここにいたはずなのに……誰だお前は！」

「わたしは、ここに商売にきたのよ！　ほら、これを見て！」

ティシアは耳に手を当て、耳飾りを男に見せつける。王室御用達の証《あかし》の耳飾りは、奴隷として売られるような女が絶対に持っていない代物だった。

「その耳飾りは……！」

「買い付けの前に、ちょっと奴隷の様子を覗こうかと思ったら、銀髪の女に捕まってここに繋がれたのよ。銀髪の女はついさっき、逃げたわ」

「なんだと、いつの間に！」

男は、ティシアの言葉を疑っていないみたいだ。

「自分で外すから、足枷《あしかせ》の鍵をちょうだい。あなたは逃げた銀髪の女を追って！　あの女、かなり高値がつくんでしょう？　まだ近くにいるはずよ、早くしないと！」

「わ、わかった」

男はティシアに鍵束を渡すと、幕屋の外に出て行く。

「銀髪の奴隷が逃げたぞ、探せ！」

そんな声を聞きながら、ティシアは足枷《あしかせ》を外す。計画は、うまくいっているようだ。

そして、懐《ふところ》に隠していた丸薬を取り出すと、自分で飲むのではなく、黒豚の柵の中に撒《ま》く。餌だと思ったのだろう、黒豚は丸薬にかじりついた。

次いで、ティシアは鍵束を持って、衝立《ついたて》の向こうに行く。

「え……」

「しっ、静かに」

ティシアは唇の前で人差し指を立てたあと、女たちの足枷《あしかせ》の鍵を外していく。

「いい？　全員の足枷《あしかせ》を外したら、一斉に逃げるわよ。ここから西の方角に馬が繋がれているわ。馬に乗れる人はどのくらいいる？」

その問いかけに、六人ほど手を上げる。

ティシアもそうだが、田舎暮らしの女は馬に乗れることが多い。だいたいどこの村でも馬は共有財産なので、みな乗る練習をするのだ。ティシアもシプリーも、王都にいる間は馬に乗れなかったけれど、あの村で暮らすようになってからは乗れるようになった。

奴隷として売られるなら、王都ではなく村育ちの貧《まず》しい娘が大半だろうと思っていたけれど、予想は的中していたらしい。

「じゃあ、馬に乗れない人は、乗れる人と一緒に逃げて。今のうちに組んでちょうだい」

ティシアはてきぱきと指示を出す。そうして次々と足枷《あしかせ》を外していき、最後の一人になった。だが――

「あれ？」

なぜか彼女の足枷《あしかせ》だけ、鍵穴に鍵が入らない。鍵束には沢山の鍵がつけられているけれど、どの鍵も合わないのだ。一通り試してみたが、どれも違った。

その様子を見ていた女たちが、ティシアに言う。

「さっきの男が戻ってくる前に逃げるべきよ」

「そうよ！　外れないんだもの、その子は運がなかったのよ。仕方ないわ」

「ここから逃げる最後の機会なんだもの……見つかったら、あなたも危ないわよ」

足枷《あしかせ》の外れた女たちはティシアに協力的だが、すぐにでも逃げ出したいようだ。確かに、その気持ちは痛いほどわかる。鍵が入らなくて、ティシアも焦《あせ》っていた。

「あの……」

鍵が外れない少女が、怯《おび》えた目でティシアを見つめる。青く綺麗な瞳には、涙が滲《にじ》んでいた。

彼女は、「助けて」とは言わなかったものの、「行け」とも言わない。声を発したあと、ぎゅっと唇を噛みしめている。助けを求めないことが、彼女の精一杯なのだろう。

そんな少女の姿を見て、ティシアは絶対に助けなければならないと思った。彼女を見捨てたら、絶対に後悔する。後悔しないためにここに来たのに、彼女を置いていったら意味がない。

ティシアは彼女の足枷《あしかせ》を見た。足枷《あしかせ》は鎖の部分も含めて、かなり古い青銅製である。

次に鍵束に目を向けると、鍵を束ねている輪は鉄でできていた。太くて頑丈そうに見える。

「鎖を壊すわ」

太い足枷《あしかせ》は無理でも、鎖のほうはなんとかできそうだった。鍵束の輪の部分を、何度も打ちつける。

「なるほど……！　鉄のほうが硬いから、壊せるかもしれないわね」

「貸して、わたしがやるわ！」

ティシアの手から鍵束を奪ったのは、恰幅《かっぷく》のいい女性だった。彼女が何度も打ちつけると、鈍い音を立てて鎖が壊れる。

足枷《あしかせ》は外れていないけれど、鉛の玉がついていないから逃げられそうだ。

「あ、ありがとうございます……！」

震える声で、少女が言う。

「やった……！」

「じゃあ、すぐに逃げればいいの？」

「ちょっと待って！」

今にも幕屋から出て行こうとする女を、ティシアが止める。

「先に豚を逃がすわ。家畜の世話をしたことがある人はいる？」

「豚を？　どうして……えっ！」

女たちは、豚を見て驚きの声を上げる。柵の中の黒豚が、銀の毛並みの豚に変わっていたのだ。

そう、この丸薬は人間だけでなく、黒い毛の動物にも効果がある。黒豚も例外ではない。人間に比べて効果が切れるのは早いけれど、今回はそれで十分だった。

さらに、動物に対しては興奮作用がある。豚たちは荒い息をつきながら、柵に体当たりしていた。

「この豚たちを先に逃がすわ。興奮しているから、幕屋から逃がせば暴れ回るはずよ。それに、銀色の豚なんて珍しいから、奴隷商たちは捕まえようとするはず。その隙に逃げましょう」

ティシアが話すと、女たちは納得したように頷《うなず》く。

誰一人、異を唱える女はいなかった。黒豚が銀の豚に変わったことを不思議に思っているだろうが、今は逃げるのが最優先である。

「それで、誰か家畜の世話の経験がある人は？」

「あたし、家畜の世話をしていたわ」

「わたしもよ」

二人ほど、豚の前に進み出る。

「じゃあ、幕屋の入り口を開いた瞬間に、豚を幕屋の外に追い立てて」

「わかったわ」

幕屋の入り口の両脇に、ティシアと別の女が立つ。

「いい？　いくわよ。いち、にの、さん！」

両脇から幕屋の入り口を開くと、銀の豚たちが外に逃げ出していく。

「なんだ！　銀色の豚だと？」

幕屋の外が途端に騒がしくなる。

「馬は西よ！　急いで！」

豚が出て行ったあとに、ティシアたちが幕屋から飛び出した。真っ直ぐに、西の方角に逃げる。

そう遠くない場所に、沢山の馬が繋がれている場所があった。

「おい、あれ奴隷じゃないのか？」

「いや、銀の豚を先に捕まえろ！　暴れ回っているから、商品を壊されるかもしれない。それに、銀の豚なんて見たことがないし、捕まえたら奴隷より高値で売れるぞ！」

予想通り、その場にいた商人や客たちは、豚のほうを優先して追いかけた。

興奮している豚は、幕屋に体当たりしたり、露店の品物をなぎ倒したりと大暴れだ。それを捕まえようとする者たちが入り乱れ、市場は混乱に陥る。

その隙をぬって、ティシアたちはなんとか馬のところまで辿《たど》り着いた。

そうして、次々と女たちが馬に乗っていく。

「大丈夫？　逃げるわよ！」

「あ、あの、あれ……！」

そのとき、最後まで足枷《あしかせ》が外れなかった少女が、遠くを指さす。

なにか大変なことが起きたのだろうかと、その方向を見ると……

「あれは……！」

そこには、白い馬に乗った兵士がずらりと並んでいた。白馬は、王宮に属する者しか乗ることが許されない馬である。

「白馬だもの、軍の人たちじゃない？」

「助かったのかも！」

女たちは、白馬に向かって馬を走らせる。ティシアも続こうとしたところで、集団の先頭にいる男に目がとまった。

オージストだ。

「……っ！」

彼が曲刀《シャムシール》を抜き、頭上に掲げると、兵士たちが市場に攻めこんでくる。

オージストの周囲には兵士が残っていて、逃げ出した女たちを保護していた。

一方、ティシアだけは馬を止めたまま、動けずにいる。

市場は暴れ回る銀の豚と、逃げる商人たち、兵士に立ち向かう用心棒たちで混乱していた。

オージストはその様子を見守りながら、止まったままのティシアに時折視線を向けてきた。早くこちらに来い、と彼の唇が動いた気がするが、動けない。

どう見ても、彼は奴隷商人たちを捕縛するためにここに来ている。となれば、ティシアの敵ではない。

しかし、ここで彼に保護を求めれば、髪と肌の色を変える薬の件も知られてしまうだろう。十年前の大臣が今回の件に絡んでいるのか、それとも今回の奴隷市場とは無関係なのか、ティシアには分からない。

だから今、ここで自分の正体を明らかにするのは、得策ではない気がする。

逃げた奴隷たちも無事に保護されたことだしと、ティシアは馬の向きを変えて別方向に逃げることにした。

「待て！」

オージストの声が聞こえる。

それを無視して進み始めたところで、馬に乗ってこちらに向かってくる大男が見えた。

手には血のついた槍が握られている。おそらく奴隷商人が雇った用心棒だろうが、戦況が不利になったのを察して、逃げようとしているのだろう。

しかし、その鋭い双眸《そうぼう》は、ティシアを捉えている。

「え……？」

そこで、ティシアははたと気付いた。

この方角の先にはオージストたちがいるので、逃げるのには向かない。なのに、わざわざこちらに来たということは、逃げるつもりではないのだ。

幕屋から逃げる際、奴隷たちを先導していたのはティシアだった。それを見ていたこの大男が報復にきたのだとしたら——

「このアマ……っ！」

その予想はあっていたようで、彼はティシアに向かって槍を振りかぶった。ティシアはその迫力に身がすくんでしまい、つい乗っていた馬を止めてしまう。

「……っ！」

逃げ出すこともできず、ティシアはぎゅっと目を閉じた。大男の馬が近づいてくる気配がし、もうだめだと悟る。

そのとき、ティシアの頭上で金属音がした。

「……っ、え……？」

「逃げろ！」

ティシアの前に進み出て、槍を曲刀《シャムシール》で受け止めている男がいた。紫の飾り布に、黒く長い三つ編みの髪。顔を見なくても、彼がオージストだとわかる。

「なにをしている！　早く逃げろ！」

「は、はい！」

命の危機を脱したティシアは、ようやく馬を走らせる。離れた所に止まり、オージストの様子を見守ると、彼は騎馬のまま優雅に槍を捌《さば》いていた。騎馬戦では曲刀《シャムシール》よりも槍のほうが有利に思えるのに、彼はまったくそんな気配を見せない。

突き出される槍を巧みに逸らし、大男が体勢を崩したところで斬りかかる。

それは致命傷には至らないが、相手が動けなくなる一撃だった。大男は落馬し、興奮した馬は明後日の方向へ逃げていく。

オージストは振り返り、ティシアが無事だったことを確かめると、自身も混乱している市場の中に入っていった。

まさか彼がこんなにも強いとは思っておらず、ティシアは驚く。

オージストは指示を出しながら、次々と向かってくる男たちを切っている。しかも、そのどれもが命を奪う一撃ではない。

こんなときにもかかわらず、ティシアはオージストに見惚《みと》れてしまった。

(すごく格好いい……！)

そうして、オージストが市場に入ってからそう時間が経たないうちに、商人たちが捕縛された。

彼がティシアのほうを見たとき、はっとする。

どうしたらいいのか、わからない。彼に全てを打ち明けていいのかどうか、落ち着いて考える時間が必要だ。

ティシアは再び馬を走らせると、その場から逃げ出した。

そのまま進んで行くと、見覚えのある道に辿《たど》り着く。

「ここは……」

それは、住んでいた村の近くの道だった。奴隷市場が村と同じくらいの距離にあると思っていたが、本当に村の近くだったとは。

ティシアは迷わず村に向かう。入り口付近に馬を止めると、真っ先に自分の家に走った。声もかけず、中に入る。

「ティシア！　あなた、その姿……！」

飛びこんできたティシアを見て、シプリーは驚愕《きょうがく》の表情を見せる。王都に行ったはずの娘が突然帰ってくるだけでなく、髪と肌の色まで違うのだ。

「はぁ、はぁ……お願い、少し休ませて……」

ティシアは住み慣れた家に辿《たど》りついたことで気が抜けてしまい、玄関に座りこんだ。

「待ってなさい、今、水を持ってくるわ」

シプリーは杖をつきながら、ティシアに水を持ってきてくれた。そして、鍵をかける。

「はぁ、はぁ、はぁ……」

ティシアは水を飲みながら、呼吸を整えた。

「どうしたの？　なにかあったの？　それに、その姿――まさか、追われているの？」

「……っ」

当たらずとも、遠からずだ。しかしどう説明すべきか迷ってしまい、言葉を濁《にご》らせる。

「ちょ、ちょっとね……。ところで、丸薬はある？」

「丁度今作っていたところなの。待ってね、すぐ作り終えるわ」

「うん、お願い」

ティシアのただならぬ様子を気にかけるものの、ひとまず姿を変えることが先決だと考えたようだ。ティシアは座ったまま、薬ができあがるのを待つ。

しかし、ほどなくして、家の扉が叩かれた。ティシアは肩をびくりとはね上げて、奥の部屋に隠れる。

「はい、なんでしょう」

シプリーは杖をつきながら玄関まで行き、扉を開けた。ティシアはびくびくしながら、誰が来たのか耳をそばだてる。

村の人だろうか、逃げた奴隷商人だろうか、それとも――

「失礼。ここは、ティシアという娘の家だろうか」

聞き間違えるはずのない、たおやかな声は、オージストのものだった。よりにもよって彼がここにくるなんてと、ティシアは動揺する。

「そうですが、どうしました？」

「ここにティシアはいるか？」

「……失礼ですが、どちら様でしょう？」

「私は、オージスト・ソレル。大臣として王に仕えている者だ。王都ではティシアに世話になっている」

「まあ……大臣様ですか。申し訳ございません、ティシアはここには戻っていないのです」

オージストを前にしても、シプリーは毅然《きぜん》とした態度を崩さなかった。そして、彼女はなにも聞かずにティシアをかばってくれて、申し訳ないと同時に嬉しくなる。

無条件で娘を守ってくれるような母親だからこそ、ティシアは薬草を手に入れるために王都で娼婦になろうと思ったのだ。

「いないのか？　……それでは、家を調べさせてくれないか？」

「まあ。大臣様、申し訳ございませんが、わたしはこの通り、足を悪くしておりまして。家の中が散らかっているので、とても大臣様を通せる状態ではないのです」

「しかし、ここに黒髪の娘が入っていく姿を見たという者がいるのだ」

「あら、でしたら、なおさらわたしの娘ではありません。ティシアは銀髪ですもの。確かに女性が訪ねてきましたが、薬を処方して、今寝ているのです。どうか、寝かせておいてください」

オージスト相手に、シプリーは一歩も引かない。ティシアがほっとしていると、足になにかが触れる感触がした。

「え……？」

どうやら、虫がいたようだ。ティシアは虫を見たくらいでは驚かないが、その虫だけは違った。緑の甲虫が、ティシアの足の上で牙を突き立てる。

「きゃああああああ！」

無意識のうちに、ティシアは叫んでしまった。そう、この虫に噛まれると、叫んでしまうのだ。そして、胸が痛くなる。

「……！　ティ――アイシャ、大丈夫？」

シプリーがティシアの部屋に向かう。しかしその脇をオージストが追い越し、先に扉を開けた。そこで、うずくまっているティシアと緑の甲虫を見つけると、彼はすぐさま、虫を踏み潰《つぶ》した。

「緑の甲虫だ、すぐにでも薬を処方せねば。しかし、材料が……」

「材料ならあります。わたしの指示する抽斗《ひきだし》から、取って頂けますか？」

シプリーはオージストに出て行くようにとは言わない。彼も文句を言うことなく、足の悪いシプリーを手伝った。

娼館にあった香草はないけれど、違う種類の薬草を煎《せん》じてティシアに飲ませる。一気に飲み干すと、胸の痛みがおさまった。

「アイシャ、大丈夫？」

シプリーはティシアと呼ぶのを避け、本来の名前であるアイシャと呼んでくる。

「ありがとう、もう平気よ……」

少し落ち着いたところで、ティシアは顔を上げた。オージストが真っ直ぐに見つめてくる。

「大臣様、この娘はアイシャといって、知人の娘です。ここにティシアはおりません」

「そう言い張るのか……。では、アイシャよ。そなた、十年前に宮廷調薬師の娘として、王宮にいたな？」

「……っ！」

ティシアは息を呑む。

顔色が変わったのは、シプリーのほうだった。

「大臣様、なんのことでしょう？　この娘は、王宮に行ったことなどございませんが」

「では、質問を変えよう。先ほど、奴隷商人を捕縛する際、そこにいた銀の豚が黒豚に変わるのを見た。黒い毛を銀色に変える薬が存在するのではないか？」

「奴隷商人？」

シプリーが血相を変え、ティシアの顔を見る。いたたまれなくなって、顔を背けた。

「ティ――アイシャ。あなた一体、どこで、なにをしてきたの……？」

「そ、それは……」

先ほどまで自分をかばってくれたシプリーが、問いただす。

「母君よ、私は彼女の敵ではない。薬の件も公《おおやけ》にされては困るのなら、内々に処理をしよう。だからどうか、彼女と話をさせてくれないだろうか？」

「それは……」

今度は、シプリーは断らなかった。

どうしたものか、考えているようだ。そこにオージストがたたみかける。

「捕まっていた奴隷を逃がした女性が、見つかっていないのだ。役人として、その娘からどうしても証言を聞かねばならぬ」

「奴隷を、逃がした……」

シプリーがティシアを見た。ティシアは顔を背けたまま、口をつぐむ。

「では大臣様、一つだけお答え頂けますでしょうか？　ティシアとアイシャのことを知っているようですが、どういう関係でいらっしゃいますか？」

「アイシャは私の初恋の少女で、ティシアは私が嫁にもらう女性だ」

オージストがきっぱりと言いきる。それを聞いて、ティシアは思わず立ち上がった。嫁にもらいたいではなく、嫁にもらうと言いきっている。

「嫁にもらうって……結婚するのは子供ができていたらの話ですよね!?　妊娠しているかどうかなんて、まだわかりませんから！」

彼の言葉を聞いた途端、ティシアが言った。すると、すごい形相でシプリーがティシアを見る。

「子供!?　ちょっと、あなた大臣様とどういう関係なの？　王都でなにをしていたの!?」

「あ……！」

ティシアはあわてて口を押さえる。しかし、一度口にしてしまった言葉は取り消せない。

再び黙りこむティシアと、じっと怖い視線を向けてくるシプリー。沈黙の中、オージストが助け船を出す。

「もう隠さずともよい。そこにいるのは、かつてのアイシャであり、今はティシアと名乗っている娘だろう？　ティシアには、王都で私の世話をしてもらっている。ひと月で母君の薬草を買える給金を渡す予定だった」

「あら……この子は大臣様に、わたしの病気のことまで話しているのですか」

シプリーは、アイシャとティシアが同一人物であることを否定しなかった。

もっとも、今までの会話の流れでは、もう誤魔化《ごまか》せないのだが。

「ああ。その薬草はあと一週間ほどで、入手できるだろう」

「まあ……ありがとうございます」

シプリーはオージストに頭を下げる。その瞬間、シプリーがオージストを信用したのだとティシアは悟った。

「母君よ、そこの娘を王都に連れ帰ってもいいだろうか？　奴隷市場について事情を聞かねばならぬし、私も個人的な話がある。悪いようにはしないと約束する」

「……わかりました。この子を、宜しくお願いします」

シプリーは再び頭を下げる。

「ま、待って、母さん……」

「あなたは大臣様とよく話し合いなさい！　……ところで大臣様。娘に薬を持たせたいので、少々お待ちいただけますか？」

「わかった」

「母さん、待って、待ってってば！」

「あなたは大臣様にお茶でもお出ししなさい！」

シプリーに一喝されて、ティシアはなにも言い返せなくなる。しぶしぶお茶の用意をすると、オージストは家の中を見回していた。

「ここが、そなたの家か。ふたりで暮らすには、十分な広さだな」

王都の建物に比べたら、決して綺麗な作りではないのに褒めてくれる。

「しかし、足の悪い母君ひとりで暮らすには、この家は広すぎる。母君も一緒に王都に来ないか？」

「お気遣いありがとうございます。しかし、わたしはこの村唯一の調薬師です。おいそれとここを離れるわけにはいきません」

シプリーはまだ十年前のあの大臣を警戒しているのだろう、彼の機嫌を損ねないように丁重に断る。かつてティシアが言ったのと同じ断り文句だ。

「なるほど……。では、明日この家に使用人を遣わそう。薬草が手に入るまでは、使用人の世話になるといい」

「いえいえ、そんな恐れ多い……」

「母君は、そのうち私の義理の母親になられるのだ。このくらいはさせてもらいたい」

「まあ……」

シプリーは調薬の手を止めて、驚いたようにオージストを見る。

結婚する気満々の彼に、ティシアも驚いていた。

子供とは関係なしに、彼はティシアを望んでいるのだろうか？

オージストがなにを考えているのか分からず、戸惑ったティシアは否定の言葉を口にする。

「母さん！　結婚するって決まった訳じゃ――」

「じゃあ聞くけど、あなた、子供ができるような行為はしていないの？」

「そ、それは……！」

母親相手に情事の話などしたくないが、嘘をつくのも気が引けて、ティシアはなにも言えなくなる。そして、沈黙こそが答えだった。

「まったくもう……あなた、もういい年でしょう？　自分のしたことに責任を持ちなさい。本当に結婚するつもりがないのなら、よく話しあうことね」

「私は、最初から責任を取るつもりだったがな」

シプリーとオージストに自分の浅はかさを責められて、ティシアは肩身が狭くなる。

そして日が落ちる前に、ティシアは丸薬を持たされ、オージストと共に王都へ戻ったのだった。

第五章

ふたりが王都に戻ったときには夜になっていた。それでも、ティシアが想像していたよりも早く着いた。

十年前、王都と村の距離は果てしなく遠く思えたが、それは子供の足だったからそう感じたのだろう。今考えると、幼いティシアを連れたシプリーが、徒歩で遠くまで逃げられるはずがない。

（こんなわずかな距離だったなんて……）

そんなことをしみじみ思っていると、いつの間にかオージストの家に到着していた。

王都の中でも、富裕層が住む区域に彼の家がある。家の前に立つと、その大きさにティシアは驚いた。

お金持ちなのは知っていたけれど、想像以上に立派な建物だ。しかも、門の前には門番までいる。

個人の家に門番がいるなんて、ティシアの知らない世界だ。

「さあ、入れ」

「あの、わたし、娼館に戻らないと……みんな、心配してると……」

気後れしたティシアは、足を止める。

「その姿で行くつもりか？」

「あ……」

そう言われて、自分の体を見た。そう、薬が切れて黒髪と褐色《かっしょく》の肌のままなので、誰も今の自分をティシアだとは思わないだろう。

「娼館のことなら、心配しなくていい。ティシアを保護することと、コリーナという娘を大切に扱うようにと伝えてある」

「そうですか……」

ティシアはほっとする。

「だが、明日になったら顔を出して謝罪するように。母君からもらったその薬……それを飲めば、髪と肌の色を変えられるのだろう？」

「……はい、その通りです」

もう隠し通せないと、ティシアは頷《うなず》く。

「詳しい話を聞かせてもらおう。だがその前に、砂埃で汚れてしまっている。先に体を清めるとしよう」

オージストが家の中に入る。すると、使用人たちがずらりと並んでいて、一斉に「お帰りなさいませ、若旦那様」と挨拶をした。

「ただいま戻った。汚れているので、食事より先に湯浴みに行く。それと、この娘は私の妻となる予定の女性だ。以後、宜しく頼む」

「ええっ!?」

妻と紹介されて、ティシアは思わず声を上げてしまう。しかし、使用人たちはまったく動揺せず、出迎えのときと同じように挨拶をした。

「若奥様、宜しくお願いいたします」

「わ、若奥様……」

「そうだ。私の父上と母上が旦那様と奥様だから、私たちは若旦那様と若奥様だな。さあ、浴場《ハマム》はこちらだ」

オージストはティシアと手を繋いだ。しかも、指をしっかりと絡めている。互いの指の付け根が密着して、どきどきしてしまった。

「若い女性の服を一式、用意しておいてくれ。人払いも頼む」

「かしこまりました」

オージストは使用人に指示を出し、ティシアを浴場《ハマム》へ連れて行く。

彼の家の浴場《ハマム》は、娼館のものに比べると小さかったものの、個人の家のものとは思えないほど立派だった。

「すごい……って、え、ええっ？　オージスト様！」

オージストはティシアの前で堂々と服を脱いでいく。

「すみません！　わたし、オージスト様の入浴が終わるまで、外で待っていますね」

ティシアが慌てて浴場《ハマム》から出ようとすると、彼ががっしりと腕をつかんできた。

「なんのために人払いをしたと思っているのだ。時間が勿体《もったい》ない、一緒に入るぞ」

「ええっ⁉」

「すでに二度も肌を重ねているのだ。今更、どうということはないだろう」

オージストはそう言うと、下も脱いだ。彼の立派な下半身を見て、ティシアは思わず顔を背ける。

「でも、一緒に入浴したことを使用人のみな様に知られたら、恥ずかしいです」

「なにを今更。それに、心配することはない。私の父上と母上も、毎日のように一緒に入浴している」

「それは仲がいいですね……って、それとわたしたちのことは別の問題ですよね？」

彼の両親が一緒に入浴しているとしても、ティシアたちが一緒に入浴する理由にはならない。しかし、オージストはティシアの服をあっという間に剥《は》ぎ取っていく。

全裸にされたティシアは、あきらめて彼と一緒に入浴することにした。

中はとても綺麗で、王都に来てからすっかり入浴が気に入ったティシアは、もし彼と結婚したら毎日この浴場《ハマム》を使えるのだ……と考えてしまう。

「さあ、来るがよい」

ティシアはオージストに、体を洗ってもらった。男の人なので垢《あか》すり師よりも力強いが、痛くはなく適度な刺激が気持ちいい。

ティシアもお返しに、彼の体を洗った。

だが、下半身にぶら下がっている一物《いちもつ》だけは、どうしたらいいのか迷ってしまう。自分にない部位なので洗いかたなんて知らないし、垢《あか》すり用の器具で擦《こす》ってしまってもいいのだろうか？

「……ふっ。ここは大丈夫だ、自分でやろう」

オージストはその部分を自《みずか》らの手で洗った。この部分は、垢《あか》すりの器具は使わないみたいだ。粗《そ》相《そう》をせずに済んで、ほっとしながら彼を見る。

ただ洗っているだけなのに、自慰《じい》をしているように見えて、ティシアはどきどきしてしまった。その邪《よこしま》な妄想を打ち消すように、ぶんぶんと首を横に振る。

砂埃と汗を全て流したあと、二人は蒸し風呂の中で肩を並べて腰かけた。

「さて、ティシアよ。そなたの容姿を変える薬のことも含めて、包み隠さず教えてくれ。保護した奴隷たちから大体の話は聞いているが、そなたの話を聞かねばわからぬこともある」

「わ、わかりました……」

覚悟を決めて、ティシアはあらましを話す。色々あったせいか、所々話が飛んでしまったり、前に戻ってしまったりと、決して上手な説明ではなかった。しかしオージストは、拙《つたな》い説明を急かさず、優しく聞いてくれる。

「なるほど、薬が切れる頃合いを見計らったのか。……ふむ、確かに髪と肌の色が変われば、銀髪の奴隷と同じ人物とは考えないだろうし、あの耳飾りを見れば仲間だと思うだろうな」

感心したように、オージストが頷《うなず》いた。

「コリーナさんのことをすばしっこいって言っていたから、なんとかなるかなと……」

「そうか。黒豚を銀の豚に変えることも、いい作戦と言えよう。そなたの思惑通りに進んでいたな。しかし、奴隷を救ったあとはどうしようと思っていたのだ？　金に困って奴隷として売られることになった女たちだぞ。その者たちの先行きは、きちんと考えたのか？」

ふと、オージストの声色《こわいろ》がかたくなる。無責任だと言外に責められた気がした。

しかし、それにはティシアも言い返す。

「命があって、自由があったら、どうにかなります！　だって、あそこで焼き印を押されたら一生消えないし、まともなところじゃ働けなくなる。それどころか、酷い人に買われたら、殺されてしまうかもしれません！」

娼館で使用人を始めたジェマは、運がよかったのだ。奴隷がみんな彼女のように幸せに暮らせるだなんて、ティシアは思わない。奴隷の待遇が凄惨《せいさん》なものだったからこそ、奴隷制度は法で禁じられているのだ。

「髪と肌の色とまでは言わなくても、女性は化粧や髪型で姿を変えられます。逃げることさえできれば、とにかく、なんとかなります！　現に、あの場にいた女性たちはその場に留まろうとせず、逃げるほうを選択しました。みんな、逃げたほうがマシだって思ったからです」

自分の行動は浅はかでも、奴隷を救おうと思ったことは絶対に間違ってはいない。自信を持って、ティシアは強く言う。

救われたいと思っていた奴隷がいて、救いたいと思った自分がいた。そして、ティシアには救う術《すべ》があったのだ。

シプリーの作った丸薬は、短時間なら黒毛の動物を銀の毛に変えられる。縁起物である黒豚は、奴隷の幕屋に一緒にいると事前に聞いていた。

しかも、ティシアは王宮に出入りできる商人しかもらえない耳飾りも持っている。丸薬の効果が切れる頃合いも、ぴったりだった。

これだけの条件が揃うのは、奴隷を救うようにと――十年間胸に抱いていた後悔を繰り返さないためにと、神様がティシアに機会を与えてくれたように思うのだ。

「命と自由さえあればなんとかなる、か……。やはり、そなたは前向きだ。まあ、考えなしではあるがな」

「う……」

褒められているのかけなされているのか、ティシアはなんとも言えない気持ちになる。

「しかし、何事にも想定外の事態というのは起こりえる。今回は順調にことが運んだからよかったものの、失敗したらどうするつもりだったのだ？　幕屋に黒豚がいなかったら？　銀の豚ではなく、女のほうを追いかける男がいたら？　今回は軍が動いていたから、奴隷たちを保護できたが、そうそううまくいくものではない。危険な真似はしてくれるな」

心配そうな顔で注意されて、ティシアは俯《うつむ》く。

確かに危険な行為をしたと思う。だが、わかっていてもそうせずにはいられなかったのだ。

「あのままなにもしないでいたら、わたしは絶対に後悔していました。だから、自分にできることをしようと思ったのです。それに、失敗したとしても、コリーナだけは救えます。ひとりでも救うことができたなら、それがわたしの心の救いとなったでしょう」

きっぱりと言いきった。

たとえ計画が失敗したとしても、ひとりの少女を救った事実は残る。ただの自己満足であり、偽善だけれど、それは罪悪感に捕らわれていたティシアにとって、必要なことだった。ひとりだけは確実に救えるからこそ、覚悟を決めたのだ。

しかし、オージストは咎《とが》めるようにティシアを見る。

「そなたの気持ちはわかった。だが、自《みずか》らを危険に晒《さら》してまですることか？」

「それは……オージスト様が動くと知っていたら、こんな真似はしませんでした。でも、オージスト様がこの件について動いてくれる保証はありませんでしたし、そもそも、敵か味方かもわからなかったですし……」

「つまり、私が奴隷商側の人間だと思ったのか？」

すっと、蒸し風呂の温度が下がったような気がした。ふと彼を見ると、冷たい眼差《まなざ》しをティシアに向けている。

「オージスト様のことは信じていました……が、先ほど想定外の事態というのは起こりえると仰《おっしゃ》っていましたよね？　まさにそれです！　信じていましたけれど、場所がわからないとか、万が一の事態を考えたのです！」

「そうきたか」

オージストは、自分の言葉を盾にされ、否定することもできない。目は笑っていないものの、少しだけ口元を緩ませた。

「と、とにかく、ちゃんと話してくだされば、こんな危険なことはしませんでした」

「……ふう」

彼は額《ひたい》に手を当てて、ため息をつく。

「私の仕事には、奴隷商の取り締まりもある。だがこれは、機密事項なのだ。捕まえるとか、行動を起こす予定だなどと、そう簡単に外部に漏《も》らせる訳がないだろう。私が軍を動かすことを黙っていたのは、悪いことだと思うか？」

言われてみれば、大臣ともあろう人物が仕事の情報を娼婦に漏《も》らすなどする訳がない。ティシアは蚊の鳴くような声で答える。

「……それは、その……仕方ないことです……」

ティシアの返事を聞いて、オージストは、それみたことかと言わんばかりの表情になる。

「明言はしなかったが、忙しくなると伝えたのだがな。まったく、そなたは……」

オージストは再び大きくため息をついた。ティシアはいたたまれない気持ちになる。

「まあよい。無事に済んだことだし、今回の奴隷市場については日付を特定できなかった。毛長鼬《フェレット》の話を聞いて奴隷市場に気付いたそなたの功績は大きい」

「……！　本当ですか！」

ティシアはぱっと表情を輝かせる。

「しかし、危険な行為をしたことには変わりない。もう二度と、このような真似はせぬと誓え」

「わかりました……そういえば、わたしが動いたせいで、軍の作戦を乱してしまいましたよね？」

オージストはティシアの行為を危険だと責めたものの、軍の邪魔をしたことについては怒らなかった。

ティシアが銀の豚を放し、奴隷を逃がしたため、奴隷市場は混乱していた。もしなにもしなければ、軍はすんなりと市場を制圧できたのではないのだろうか？

そう思って訊《たず》ねると、彼はふっと口角を上げた。

「あのくらい、どうということはない。想定外の事態というのはあると言っただろう？」

その口ぶりには余裕が見られる。彼はとても優秀な男なのだと、ティシアは悟った。

ふと、彼が目を細める。

「ティシアよ……いや、アイシャと呼んだほうがいいか？　アイシャのほうが本名なのだろう？」

「そうですが……ティシアのほうが慣れているので、そちらがいいです」

ティシアとして暮らした時間のほうが長い。それに、ずっと自分がアイシャだと知られたら怖いと思いながら暮らしてきたのだ。

「では、ティシアよ。そなたの母君は十年前、調薬師として王宮で働いていた。何故、突然姿を消したのだ？　薬で姿を変えていたことにも、関係はあるのか？」

「はい……全てお話しします。……十年前のある日のことです。その頃感染病が流行《はや》っていて、わたしも母も夜遅くまで薬を作っていました」

「ああ……そういえば、そなたたちが姿を消したのは、その時期だったな。最初は、病《やまい》に倒れたかと思ったのだ」

オージストは懐かしげに頷《うなず》く。

「仕事が一段落して、一度家に帰ろうと廊下を歩いていたとき——大臣と呼ばれた男が、奴隷市場について話しているのを聞いてしまったのです。しかもわたしたちの存在に気づかれてしまい、追いかけられたので調薬師専用の隠し通路から逃げました」

「なるほど。確たる証拠もなく、話を聞いたというだけでは握り潰《つぶ》されるだろうし、後々始末される可能性もある。逃げるしかあるまいな」

「髪と肌の色を変える薬についてはわたしも知らなかったんですけど、母が作っていたので、それを飲んで別人になりすましました。村のみんなには、無理矢理結婚させられそうになって逃げてきた調薬師だと伝えたら、受け入れてもらえて」

「ふむ、その外見ならば説得力があるだろう。それに、医師のおらぬ小さな村にとって、調薬師は貴重な存在だ。そなたの母君は機転が利くかただな」

彼は納得したように頷《うなず》く。

「村で暮らし始めてすぐ、追っ手が来ました。調薬師の母子ということで怪しまれましたが、外見が違うので別人と判断され、助かりました。……でも、わたしたちを探しているとわかったから怖くて、ずっと薬で姿を変えたまま、あの村で暮らしてきたのです」

「そうか……苦労したのだな」

「はい」

オージストはティシアの頭を優しく撫《な》でる。

「でも、母が足の病気になって、わたしは薬草を手に入れるために王都に来ることを決めました。

母はともかく、わたしのほうはまだ子供だったから、誰にもばれることはないと思ったのです。それで、あの……」

ティシアは思いきって訊《たず》ねてみる。

「十年前のその大臣……捕まったのでしょうか？　今も、怖いんです」

「違法な奴隷売買について取り締まりを強化したのが八年前だ。その際、数名の大臣を捕縛している。捕まえた大臣の名を調べ、そなたの母君に確認してみよう」

「本当ですか……！」

ティシアはほっとする。

「法で禁じられているとはいえ、奴隷は金になるのだ。大臣職ともなれば、よくないことを持ちかけてくる輩《やから》も増え、悪の道に手を染める者もいる。それをなんとかするのが、私の仕事だ。そなたら母子のような者が……そして奴隷になる者がこれ以上現れないよう、尽力しよう。……さて、そろそろ出るか」

「はい、わかりました」

オージストが立ち上がったのを見て、ティシアも続く。

脱衣所には、いつの間にかティシアの服が用意されていた。金糸の刺繍《ししゅう》が入った、豪華なものだ。

着替えて広間に行くと、食事が用意されている。そういえば、昼からなにも食べていなかったことを思い出し、お腹が鳴った。

「さあ、食べるがよい」

「はい、いただきます」

肉と野菜の串焼きと、羊肉のミンチをつめて揚げたパン。野菜のペーストや山羊《ヤギ》のミルクから作ったチーズに、豆のスープなど、ティシアは美味《おい》しくいただく。食事の間、オージストは暗くなるような話はしなかった。

食事が終わると、ティシアは彼の寝室に連れて行かれる。そこには、ふたり分の酒器が用意されていた。

「ここは娼館ではない。私が酌をしてやろう」

オージストは杯に酒を注《つ》ぐ。自身の分も手酌《てじゃく》で注《つ》ぐと、杯を合わせて乾杯した。

「……おいしい」

酒は、爽やかな果実酒だった。口当たりがよく、お酒が得意ではないティシアでもすんなりと呑める。

「ティシアよ。私の求婚を断ったのは、先ほど話していた事件が理由か？」

「はい、そうです。十年間、怯《おび》えて暮らしていました。短期間だけ滞在するならまだしも、ずっと王都で暮らすのは怖いです」

ティシアは正直に答える。彼の父親が奴隷商に関わった大臣かもしれない、と懸念《けねん》していたことは伏せておいた。

オージスト自身が奴隷商人捕縛の任についているのだし、もう安心していいだろう。

「そなたの母君への確認がまだだが……それが解決すれば、結婚に異論はないな？　……ああ、もちろん、そなたの母君も王都に呼び、村には新しい調薬師を派遣しよう」

「あの、待ってください。結婚って、子供ができたらの話でしたよね？　そもそも、オージスト様の中で、いつから結婚が確定したのですか？」

「そなたを抱いた日だ」

しれっと答えたオージストに、ティシアは驚愕《きょうがく》の声を上げた。

「え……？　抱いた日って、王宮で初めて会った日のことですか？」

「そうだ」

「早すぎないですか!?　理由は……？」

ティシアは人目を引く容姿から一目惚れされる経験が少なくはなかった。しかし、彼はティシアの容姿を気に入ったわけではない。

ならば一体、どういうことなのか。

「ティシア、手を出してみろ」

「はい」

そういえば、彼に抱かれた直後にもこうして手を見せたと思い出す。すると、ティシアの掌《てのひら》に入った線をさして、彼は言った。

「私は手相にも精通していてな。ここにある線は『孕《はら》み線』といって、子供を孕《はら》みやすい女性に現れる相だ。珍しい線で、私も実際に見たのはそなたが初めてだ」

「そんなに珍しいのですか……？」

ティシアは、『孕《はら》み線』と言われたそれを、まじまじと見つめる。

「子供ができにくい私と、できやすいそなた。しかも、そなたには初恋の少女の面影《おもかげ》がある。私はこの相を見たとき、運命を感じたのだ。そなたに精を注《そそ》ぎながら、絶対に嫁にすると決めた」

「え……！」

彼は最初、ティシアの中に精を放たなかった。しかし手を見てからは、それはもう沢山注《そそ》がれた記憶がある。まさか、『孕《はら》み線』を見て運命を感じていたとは。

「しかし、それだけではない。そなたは母親のために娼婦になる自分の運命を悲観していなかった。しかも、噂《うわさ》の第七王子に抱かれたいと言いながら、幸運を望む訳でもない。娼婦になるために処女を散らし、幸運より心の拠《よ》り所《どころ》を求める、と。……そなたとなら、たとえ子供ができない夫婦になっても、前向きでいられると思ったのだ。生涯を添い遂げるなら、そなたのような女性が――いや、そなたがいい」

「オージスト様……」

「私の運命の相手は、そなたしかおるまい」

真っ直ぐに見つめられて、鼓動が跳ね上がる。外見より、孕《はら》み線より、ティシアの中身を求めているのだ。今まで外見ばかり見られてきたから、彼の言葉が心に染み、嬉しくなる。

しかし、気になることもあった。ティシアは訊《たず》ねてみる。

「じゃあ、専属娼婦に指名しておきながら、どうしてわたしのことを抱かなかったのですか？」

彼の中で娶《めと》る心づもりだったのなら、なおさら抱かない理由がわからない。

「それは、そなたに私を好いてもらうためだ」

ティシアの目を見ながら、オージストは言った。再び鼓動が跳ね上がる。

「す、好いてもらうって……」

「私が結婚したいと思っても、そなたの気持ちが私に向かなければ意味がない。しかも、私は殿下と偽りそなたを抱いてしまった。いくら娶《めと》るつもりでも、そなたを抱けばいい加減な男に見えてしまうだろう？　少しでも誠意を見せようと、かなり我慢したのだ」

専属娼婦に指名しておきながら抱こうとしない彼を、とても生真面目な男だとは思った。確かに彼が抱きまくっていたら、軽薄な男だと思っただろうし、彼のことがこんなに気にならなかった気もする。

オージストがティシアに好かれるために努力していたのだと思うと、嬉しくなった。

「……とはいえ、一度、酒の勢いもあってそなたを抱いてしまったがな。私も男だ。言葉で誘われるだけならともかく、運命を感じた女性にあそこまでされれば、耐えられぬ」

ティシアは彼の前で薬の効果が切れた日のことを思い返す。なんとか誤魔化《ごまか》そうと、自分でも恥ずかしくなるくらい、積極的に迫った。

「もうひとつ、聞いてもいいですか？」

「なんだ？」

「わたしがアイシャだってわかったのはいつですか？」

「そなたを二度目に抱いた日だ」

「うっ……、誤魔化《ごまか》せていなかったんですね……」

ティシアは肩を落とす。

「当然だ。髪と肌の色だけ変わって見える酔いかたなどあるまい。一瞬で姿が変わったから染料ではないと思っていたが、まさかそのような薬が存在するとはな。そなたの母君は、かなり優秀な調薬師のようだ」

やはり酒のせいにするのは無理があったみたいで、ティシアは反省する。

「それに、そなたのことをアイシャと呼んだこともあるぞ。そなたは気付かなかったようだが、そのときに確信した」

「えっ、いつですか？」

必死で隠していたのに、昔の名前で呼ばれても気付かないなんて、うっかりにもほどがある。

ティシアは記憶を呼び起こすが、いつアイシャと呼ばれたのか、思い出せなかった。

「ふっ……もう過ぎたことだ、よいではないか」

オージストは笑みを浮かべる。切れ長の目が弧を描き、艶《つや》やかな表情にティシアはどきりとした。

「さて、ティシアよ。私は、そなたを嫁にもらいたい。子供ができてもできなくても、そなたと共に人生を歩みたいのだ。それに、奴隷市場に乗りこむような危なっかしい女性を、放ってはおけん」

「うっ……」

「そなたはどうだ？　私を、夫にしたいとは思わぬか？」

蜂蜜色の瞳にじっと見つめられ、ティシアの胸が高鳴る。

「わ、わたしは……わたしも、オージスト様のことが、好きです。オージスト様の仰《おっしゃ》った通り、専属娼婦に指名したわたしを抱かないくらい真面目なところが気になったのです。あとは優しいところとか、酒の席でも愚痴《ぐち》を零《こぼ》さないところとか……気が付いたら、好きになっていました」

思ったことを素直に口にした。それは、結婚するか否かの答えではなかったものの、オージストは嬉しそうに笑う。

「そうか」

彼はティシアの手から杯を取り上げると、テーブルの上に置き、抱きしめてきた。厚い胸板に、顔が埋まる。

「もう一度言ってくれ」

「えっ」

「ほら、もう一度」

「……好きです」

「もう一度」

「好きです」

強請《ねだ》られるまま、何度も口にする。そのたびに、彼は嬉しそうにティシアをぎゅっと抱く。

「ティシアよ。私がそなたを選んだのは、そなたが初恋の少女によく似ていたからでも、ましてや初恋の少女だったからでもない。それはただのきっかけだ。短い期間だがそなたと過ごし、私はそなたをどんどん愛していった。ああ、ティシア——愛している」

「……っ！」

愛していると言われたのは初めてで、胸は喜びでいっぱいになる。

「ティシア」

オージストは少し体を離すと、ティシアの両頬に手を当て、唇を重ねてきた。

彼の薄い唇は、触れてはすぐに離れていく。それがもどかしくて、ティシアはすがるように彼の上衣をきゅっと握る。すると、ひときわ強く唇が押し当てられた。ぬるりと、彼の舌が口内に侵入してくる。

「……んっ」

嬉しくなって、ティシアは積極的に自《みずか》らの舌を絡めた。互いに貪《むさぼ》りあうような口づけは、徐々に深くなっていく。お腹の奥が、じんと疼《うず》いた。

ふと、オージストが口づけをやめる。

「ティシアよ。私は初対面でそなたを抱いてしまったが、別に女好きというわけではない。そもそも、女遊びもしたことがない」

「……？　は、はい」

なぜ、今そんなことを言ってくるのかと思いながら、ティシアは頷《うなず》く。

「私の誠実さは、そなたにきちんと伝わったか？」

「はい」

「それが伝わっているのなら、そなたを抱いてもいいか？　それとも、今そなたを抱けば、肉欲を優先する男だと思うか？」

「……っ！」

ティシアを覗きこむ彼の瞳は、劣情を孕《はら》んでいる。

「なにせ、出会いが出会いだからな。私の心を試したいのであれば、そなたを抱かぬ。そなたを娶《めと》る前に、私のことをきちんと知ってもらいたいのだ。不誠実な男と思われるのは、心外だ」

「オージスト様……」

「そなたは、私を好きだと言ってくれた。しかし、まだ出会ってひと月も経っておらぬだろう？少しでも迷いがあるのなら、抱かぬ。そなたを求めるのは肉欲ではないと、私の誠意を伝えたい」

顔は離したものの、体はまだ触れあっている。そして、彼の下腹部の熱情が布越しに伝わっていた。しかし、誠意を見せるために我慢すると言うのだ。その気持ちが、とても嬉しい。

ひと月にも満たない間だったけれど、彼がいかに真面目な男かは、ティシアにもわかっていた。

「オージスト様が生真面目なのは、わかっています。そもそも、最初にわたしを抱いたのだって、薬草を融通《ゆうずう》するためでしたよね？　民草《たみくさ》に等しくあるべき、お役人様らしい考えだと思います。……それに――」

ティシアは自分の体を強く彼に押し当てる。

「あんな口づけをしておいて、手を出さないなんて……誠実というより、意気地がないと思ってしまいます」

「……ほう？」

オージストの片眉が、ぴくりと跳ね上がった。ティシアは潤《うる》んだ瞳で彼を見つめる。

「わかった。意気地なしと思われるのは心外だ。私がいかに男らしいかを、そなたの胎《はら》に教えてやろう」

彼はティシアを抱き上げると、衝立《ついたて》の奥にある寝台に座らせる。その寝台はとても立派で、下ろされた瞬間、ふわりと彼の匂いがした。

この寝台は、いつもオージストが寝ているものだ。そんな場所でこれから彼に抱かれるのだと思うと、妙に緊張してしまう。

「んっ！」

自《みずか》らも寝台に上がったオージストは、ティシアの顎《あご》に指をかけ、口を開かせた。

「舌を出すように」

「……っ」

言われた通り、舌を伸ばす。

すると、彼の舌がティシアの舌を搦《から》めとった。唇は接触していないのに、舌だけを絡めあうのは、とても不思議な感触だ。この行為も口づけと呼ぶのだろうか？

「んうっ、ん――」

舌だけを舐《な》めあっていると、唾液が糸を引いて敷布の上に垂れた。なんだか、とても恥ずかしい。

しかしオージストは、舌を絡める行為を止めなかった。あと少しの距離なのに、触れられない唇が切ない。

「ん……」

ティシアが舌を引っこめてみると、肩をつかまれて押し倒される。寝台はふかふかで痛みはなかった。ティシアの艶《つや》やかな黒髪が白い敷布の上に広がる。

オージストはティシアの上に覆いかぶさり、今度こそ唇を押し当ててくる。しかも、深く。

「んむっ、ん！」

先ほど逃げた舌を追うように、彼の舌が口内に侵入してきた。中を掻き回すように探りながら、ティシアの舌を搦《から》めとる。

やがて、彼は口づけたまま、ティシアの服を脱がしていく。

あっという間にティシアは裸にされてしまった。

彼の手は、ティシアの胸を優しく揉《も》みながら、その指先は桃色の先端の周囲をなぞっている。

触られたいと主張するかのように、先端はたちまち尖《とが》った。

こみ上げてくる熱を持て余して、ティシアは無意識のうちに体をくねらせる。すると、ようやく彼の指先が先端に触れた。

「んうっ！」

びくりと腰が浮く。

オージストの指先で転がされ、引っ張られた。

「んう、ん……っ」

少し強めに刺激されると、ティシアは腰を揺らしてしまう。その反応を楽しむかのように、彼は何度も引っ張ったり、ときには指先で弾《はじ》いたりした。

その間、唇は繋がったままだ。溢《あふ》れた唾液が、ティシアの頬を伝い落ちていく。

「あっ、ん、ふぅ……」

彼がティシアに触れるたび、官能と悦びが体を駆け巡った。

オージストと情を重ねるのはこれで三回目となるものの、互いに心を通わせて抱きあうのは今回が初めてだ。だからこそ嬉しく思うし、彼に与えられる温もりを愛《いとお》しく感じる。

ティシアの足の付け根には、いつの間にか蜜が溢《あふ》れ出ていた。何気なく内腿を擦《す》りあわせると、ぬるついた感触に自分でも驚いてしまう。

早く触れて欲しいような、彼にこの状態が知られてしまうのが恥ずかしいような――

しかし、迷うティシアとは裏腹に、胸を触っていた手が腹を撫《な》でながら足の付け根へと下りていく。

オージストの手が内腿に流れた蜜に触れた。指をくるくると回し、ぬるついた愛液を肌に塗りつけるように弄《もてあそ》ぶ。

そこで、ようやく彼は口づけをやめた。

「よもや、ここまで流れていようとは。確かに、女性をこんな状態にさせておいて手を出さなければ、意気地なしと思われても仕方あるまい」

肝心な部分には触れず、内腿の蜜を指にからめながら、彼は微笑《ほほえ》む。

「い、いえ、これは……」

最初の口づけで濡《ぬ》れなかった訳ではないが、こんな状態にまでなったのは、そのあとの行為でだ。口づけだけでこんな風になってしまうと思われるのは、恥ずかしい。

「どうする？　すぐに繋がるか？　それとも――」

「ひうっ！」

彼の指先が、ティシアの秘玉に触れた。ひときわ強い快楽が背筋を走り抜ける。

「一度、達しておくか？」

オージストは秘芽《ひめ》を指先でくりくりと扱《しご》きながら、耳元に唇を寄せてくる。熱い吐息が滑《すべ》りこんできて、ティシアは体が蕩《とろ》けそうになった。

「あっ、んうっ、あぁっ」

秘玉を弄《もてあそ》ばれ、ティシアは嬌声《きょうせい》を紡《つむ》ぐことしかできない。オージストの質問に答えられず、快楽の波に流されていく。

ひくりと、秘裂が物欲しげに震えた。そう、その場所は既に雄を――オージストのものを知っている。快楽を求めるように、蜜を垂らしながら自己主張を始めた。

「ああ、ずいぶんと美味《うま》そうだ」

オージストは秘玉から手を離すと、秘裂に顔を近づける。まさかと思った次の瞬間、生温かくざらついた舌がそこに押し当てられた。

「ひあっ！」

彼は蜜口にそって舌を這わせる。すると、刺激を求めるかのように秘裂がわなないた。その動きに誘われた彼の舌が侵入してくる。

「あっ、あぁああ！」

指とも、熱杭とも違うものが体の中に埋めこまれていった。溢《あふ》れる蜜をすすりながら、彼の舌が媚肉を蹂躙《じゅうりん》する。

「ひっ、あぁあ……」

オージストはティシアの内側を舌で確かめたあと、舌を抜き差しする。

「んうっ！　んっ、はぁっ……、あうっ」

卑猥《ひわい》な水音を響かせながら、肉厚な舌が差しこまれたり、引き抜かれたりする。

彼の舌は、指よりも浅い位置までしか届かないし、彼の楔《くさび》よりも太くない。

それでも、それらとは違う快楽を与えられ、腰ががくがくと揺れた。

ティシアの中はとろとろになり、媚肉が柔らかく彼の舌を包む。

愛液か、汗か、それとも唾液か……どちらの体液ともわからないものが敷布に染みを作った。

「やあっ、も、もう、わたし……っ」

あと少しで達するというとき、彼は舌を抜いた。そして、蜜口の少し上で膨《ふく》らんでいた花芯《かしん》をぺろりと舐《な》めると、口に咥《くわ》える。

敏感《びんかん》なその部分に軽く歯を立てられ、ティシアの腰が大きく跳ね上がった。

「あっ、あぁあああっ！」

荒い息を吐きながら、ぐったりと四肢を投げ出した。

それを見て、オージストは満足げに笑う。彼が服を脱ぎ捨てると、そそり勃《た》つものが見え、ティシアはごくりと喉を鳴らした。

絶頂の余韻《よいん》でひくつく蜜口に、赤黒い先端をあてがわれる。柔らかな蜜壺に、彼のものが埋められていった。

「あっ、あぁあ……！」

太く硬い肉の楔《くさび》が、ティシアの中を拡《ひろ》げていく。気のせいでなければ、今までで一番大きい気がした。媚肉はめいっぱいに拡《ひろ》がりながら、彼のものを最奥まで誘《いざな》う。

根元の太い部分も呑みこみ、蜜口がぐっと開かれた。

「んうっ、ん……」

「はぁ――ティシア……」

オージストの声にも余裕がない。掠《かす》れた声は妙に扇情的《せんじょうてき》だ。

しかし、彼は激しくするのではなく、ゆっくりと腰を動かした。ティシアの体を気遣っているのだろう。

彼のものに優しく擦《こす》られて、肉壁がほぐされるように柔らかくなっていく。媚肉は嬉しそうに彼のものに絡みついた。

「……っ、そう急かすでない」

「えっ……？」

急かしているつもりはない。しかしティシアの中は、強請《ねだ》るかのごとく彼をしめつけ、刺激していた。

「もっとゆっくり、そなたを感じたい。せっかく、そなたが私を好きだと言ってくれたのだ。この喜びを、体に刻みつけたい」

オージストは緩やかな、ねっとりとした動きで腰を抽挿《ちゅうそう》する。粘膜が擦《こす》れあい、快楽が溢《あふ》れ出した。

しかしながら、先ほどのような強い刺激はない。

「あっ、ん……あぁ……」

彼のものが一番奥に進んでくる瞬間、ティシアは自《みず》ら腰を動かした。こつんと、奥に強く当たる。

「ああっ！」

望んでいた強い快楽を与えられ、ティシアの蜜壺はぎゅっと彼をしめつけた。

「――っ、く」

オージストは辛そうに歯を食いしばり、腰の動きを止めた。

「あっ、あ……」

ティシアはオージストの広い背中に手を回し、足も彼の腰に絡ませる。

「んっ、んんぅ、あっ、オージスト様……っ」

彼もまた、応えるようにティシアの背中に手を回し、ぎゅっと密着してくる。逞《たくま》しい胸板に、ティシアの柔らかな胸が圧迫された。彼がのしかかってくるようで、息苦しい。

オージストは互いの体をぴったりとくっつけ、腰を揺すった。

「あぁ……っ！」

押し潰《つぶ》されるような体勢で奥をぐりぐりと刺激されて、ティシアはあっけなく高みに導かれる。

「あっ、奥が――っ、ああ！」

ティシアはびくびくと体を震わせながら、果てた。彼の体に絡みついていた手足が、寝台の上に力なく落ちる。

しかし、達した余韻《よいん》で波打つ蜜壺を、彼の熱杭は蹂躙《じゅうりん》し続けた。

「ひうっ、んっ、あぁっ」

達したまま休まずに快楽を与えられ、ティシアの頭が真っ白になっていく。

「やっ、ま、待って……！」

「無理だ。そなたが愛《いと》おしすぎて止まらぬ……」

そう言うと、オージストはティシアの唇を貪《むさぼ》った。もちろん、腰の動きは止まらない。

「んっ、ん――」

ただでさえ圧迫される体勢なのに、唇まで塞がれては呼吸もままならない。ぎゅうぎゅうと、ティシアの中がさらに強く彼をしめつける。

「……っ！」

彼のものが打ち震えながら、どくどくと精を吐き出した。

「はぁ、ん……」

熱い雄液が中を満たしていく感触に、ティシアは幸せを感じた。

(落ち着くまで、こうして静かに抱き合っていたい……)

そう思ったものの、彼の腰は再びティシアを穿《うが》ち始める。

「んむっ、ん！」

流石《さすが》に呼吸が苦しくなり、ティシアは拳を握りしめて彼の背中を叩いた。大事な部分は繋がったままだが、彼の上体が離れていく。

「どうした？」

「すみません……この体勢が、ちょっと、息苦しくてっ……」

ようやく楽になって、ティシアは新鮮な空気を吸いこむ。

「無理をさせてしまったようだな。すまない」

「いえ、その、息苦しくても、気持ちよかったです」

息苦しさはあったものの、それで得られた快楽までは否定できない。ティシアが正直に告げると、オージストは口元をつり上げながら、ぐっと腰を引いた。

「あ……」

体から抜け出ていく彼の楔《くさび》に、胸が切なくなる。

「ティシアよ、手と足を寝台について、尻をこちらに向けろ」

「えっ……！」

犬のような体勢になれと言われていることは、理解できた。しかし、そんな格好をするのは恥ずかしい。

「嫌ならせぬが……どうする？」

嫌だと言えば、彼は普通に抱いてくれるだろう。わざわざティシアの意志を確認してくれるのだから、その気遣いは嬉しい。しかし――

ティシアは新たな快楽を求め、彼の言う通りに四つん這《ば》いになった。

ぷっくりとした陰唇に、白濁液が溢《あふ》れる蜜口、そしてその後ろの窄《すぼ》まりも、全て彼の眼前に晒《さら》している。

「ティシア……」

オージストはティシアの臀部《でんぶ》をつかむと、秘裂に楔《くさび》を押し当ててくる。

「あっ、あぁあ……！」

これまでと違った角度で侵入してくる彼の欲望に、ティシアは体を震わせた。根元まで受け入れると、彼の下生《したば》えがちりっと尻に擦《こす》れて、くすぐったい。

「動いても大丈夫か？」

「は、はい……」

オージストはしっかりと臀部《でんぶ》をつかんだまま、腰を動かした。柔らかな双球に、彼の指が食いこむ。

「あうっ、んっ、あぁ！」

後ろから突き上げられる感触に、ティシアは頭を横に振る。

寝ている体勢とは違い、ティシアは自分で体を支える必要があった。しかし、手足はがくがくと震え、腰だけを上げたまま、上半身が寝台に沈んでいく。

「――っ、あっ、あ……」

何度も体を持ち上げようとするが、与えられる快楽が強すぎて、うまく力が入らない。オージストが臀部《でんぶ》をつかんでいなければ、腰も沈んでいただろう。

オージストの望んだ体勢をとれていないというのに、彼はティシアを咎《とが》めることはなかった。愛液と精液が混ざってぐちゃぐちゃになった蜜口は、彼に思う存分蹂躙《じゅうりん》される。

「うあっ、ん、ひうっ……」

ティシアはぎゅっと敷布を握りしめた。体が再び快楽を極めようとしている。

「オージスト様っ、わたし、また……」

「果てるがよい」

オージストはぐっと、臀部《でんぶ》を左右に割り開く。拡《ひろ》げられながら最奥を穿《うが》たれて、ティシアはあっけなく達した。

「――っ、あっ、ああ」

尻を左右に拡《ひろ》げられているので、蜜口が彼をぎゅうぎゅうとしめつける様子も見られているはずだ。媚肉は波打ちながら、彼の楔《くさび》に絡みついた。

「いい眺めだ……」

オージストは双球を拡《ひろ》げたまま、さらに腰を穿《うが》つ。

「ひあっ！　んっ、あうっ」

抽挿《ちゅうそう》されるたび、泡立った体液がかき出されていく。先ほどあんなに精を注《そそ》がれたというのに、ティシアの奥から蜜が溢《あふ》れ出てくるので、そこにはもう彼の雄液はほとんど残っていない。

そのことに気付いたオージストは、掠《かす》れた声で呟いた。

「ああ……新しく注《そそ》がねばな」

彼は強く腰を打ちつけてくる。奥の深いところを刺激されるたび、ティシアは軽く達してしまった。ぎゅうぎゅうと、蜜口が何度も彼をしめつける。

「――っ、さあ、受け取るがよい」

その言葉と共に、オージストのものが最奥で爆《は》ぜる。深い部分に精を叩きつけられ、ティシアはまた達してしまった。

先ほどから何度も達しているので、ティシアは寝台にぐったりと体を預ける。

しかし、過去の経験からわかっていることだが……彼のものは、まだ硬いままだった。そう、オージストはかなり体力があるようである。

「少し休むか？」

「は、はい……」

彼は、ティシアから楔《くさび》を抜く。互いの体液で濡《ぬ》れそぼったそれは、まだ勃《た》ち上がっていてとてもいやらしい。

オージストは寝台の近くのテーブルにある水差しに手を伸ばすと、杯に注《そそ》ぎ、ティシアに差し出す。ほどよい冷たさで、喘《あえ》ぎすぎて嗄《か》れていた喉を癒やしてくれた。

彼も水を飲む。

「……っ」

男らしい喉仏が動く様子に、ティシアはどきりとした。まだ反り返っている肉棒を見て、腹の奥が疼《うず》く。

休みたいと思っているのに、彼のものが体の中にないと、寂しく思った。

一息ついたティシアはオージストに抱きつく。

「オージスト様……っ」

「どうした？　まだ少ししか休んでないぞ？」

「はい。でも……わたしの中にオージスト様がいないと、とても切なくて……」

ティシアは潤《うる》んだ瞳で彼を見つめた。

「そのように見つめるでない。理性が飛んだらどうしてくれる」

窘《たしな》めるように言いつつ、彼は苦笑した。

「理性が飛んだら、どうなるのです？」

「獣のようにそなたを求めるぞ。嫌だと言っても、組み伏せるかもしれん」

その様子を想像して、ティシアは恐怖を感じるどころか、昂揚《こうよう》してしまった。

理性的な彼に、もっと激しく求められたい。もしかして、自分は被虐趣味でもあるのだろうか？

「あの、オージスト様……っ」

ティシアは体を彼に押し当て、そそり勃《た》つものに己の腹を擦《こす》りつけた。

「わたし、わたし――っ」

「どうした？」

わかっているだろうに、彼は意地悪な笑みを浮かべながら訊《たず》ねてきた。彼のことだから、なにも言わなければ普通の抱きかたをする気がする。

だからティシアは、思いきって伝えた。

「激しくして欲しいです……」

「今以上にか？　そなた、本当にいいのか？」

ティシアはこくこくと頷《うなず》いた。

「後悔するでないぞ。もう、止められぬ」

オージストは再びティシアを押し倒した。そして、足の付け根に手を差し入れる。

「えっ……」

彼の指先はティシアの秘芽《ひめ》の包皮をめくり、剝《む》き出しになった秘玉を押し潰《つぶ》してきた。

「ひあっ！」

そそり勃《た》つものを挿《い》れないまま、オージストはしばらく秘玉を弄《もてあそ》んだ。強い快楽にティシアは腰を浮かせるが、彼のいない奥が切なく疼《うず》く。

「あっ、やぁ……オージスト様……っ」

「私を好きだと言ってくれ」

オージストはティシアの肩に噛みついた。

「んうっ！」

ぴりっとした感触に、体を震わせる。それほど強く噛まれた訳ではないけれど、歯形が残った。

オージストはティシアの肩に、腕に、鎖骨に、歯を立ててくる。なにも入っていない蜜口がぎゅうっとしまった。

「……っ、オージスト様が、あっ、好きです……っ」

ティシアが呟くと、ようやく求めていた熱が体の中に入ってきた。彼は膝立ちになり、秘玉を指先で押し潰《つぶ》しながら、奥を穿《うが》つ。

「あうっ！」

そのひと突きで、ティシアは達した。気持ちよすぎて、頭がおかしくなってしまいそうだ。

「あっ、あぁ……」

突かれるたびに快楽が弾《はじ》け、悦楽の波に呑まれていく。

ふと、オージストは腰の動きを止めた。

「え……？」

「こちらも可愛らしく私を誘っているのでな。触れてやらねば、可哀想だ」

彼は片手を秘玉に添えたまま、もう片手を胸に伸ばす。膨《ふく》らみをゆるゆると揉《も》みしだきながら、指先で先端を弾《はじ》いた。

「……っ、はあ」

内側に彼のかたいものを埋められたまま、敏感《びんかん》なふたつの突起を刺激される。しかも、秘玉のほうは包皮を剥《む》かれているので、少し指先を動かされるだけでも痺《しび》れるような感覚がした。

「やっ、そこ……」

「気持ちいいのだろう？　腰を動かさずとも、そなたの中がしめつけてきて、私も気持ちよい」

オージストは口角を上げる。

彼の言う通り、胸の先端や秘芽《ひめ》を刺激されるたび、ティシアの蜜壺は彼の昂《たか》ぶりをしめつけた。

「ふっ……腰を動かさずとも、達してしまいそうだな？」

胸の先と秘玉を同時につままれ、引っ張られる。

「はぁん！」

その瞬間、ティシアは下腹部に強い熱を感じた。水音がして、彼の体を濡《ぬ》らしてしまう。

「はっ……っ……え？」

自分の体のことなのに、どんな現象が起きているのか理解できない。しかし、オージストのほうはわかっているようだ。

「よもや、ここまで感じてくれたとは」

「あ、あの、今、わたし……？」

「ん？　娼婦なのに、潮も知らぬのか。まあ、そなたを抱いたのは私だけだからな。これは潮と言って、女性が気持ちよくなると生じる現象だ」

オージストは満足気に言う。

「しかし、そなたの体を私しか知らぬことを、これほどまでに嬉しく思うとは……。こんな風に誰かを強く思うのは、初めてのことだ」

「オージスト様……」

「そなたは私以外、知らなくてよい。私がそなたを満足させる」

オージストはティシアの敏感《びんかん》な部分から手を離すと、下腹部を撫《な》でる。

「ここで覚えるのは、私の形だけでよい。私の味だけを覚えるのだ。わかったな、ティシア？」

「は、はい……」

達しすぎて、ふわふわとした気持ちのまま、ティシアは頷《うなず》く。すると、彼は腰を両手でつかみ、激しく突き挿《い》れてくる。

「あぁっ！」

大人しくしていた彼のものが、急に中を擦《こす》ってきて、ティシアは再び強い快楽に襲われた。腰が逃げそうになるけれど、がっしりとつかまれているので、奥深くまで容赦なく穿《うが》たれる。

「はぁっ、んっ、う――ぁあ……！」

一番深いところまで繋がった瞬間、ティシアはまた絶頂を迎えた。彼自身も大きく打ち震え、熱い雄液が中に注《そそ》がれる。

「ティシア……愛している」

その呟きと共に、ティシアは口づけられた。震える舌先を搦《から》めとられて、深い口づけを与えられる。

驚くべきことに、彼のものはまだかたいままだ。

「前からも、後ろからもしたな。あとは横からか。それに座ったままはしたが、立ったままではしていないな」

オージストは一度自身を引き抜くと、ティシアを横向きにする。彼も横向きとなり、背後から片足を抱えて開かせ、再び熱杭を埋めてきた。

「あっ……！」

「私とて房事《ぼうじ》の知識が豊富ではないが、知りうる全ての形でそなたと繋がりたい」

オージストの唇が、ティシアの首筋に押し当てられた。ちゅうっと強く吸われて、痕《あと》が残る。彼の吐息が首筋にかかり、体が熱くなった。背中に彼の逞《たくま》しい胸板を感じて、どきどきする。

そうしてティシアは、一晩中オージストの熱情を受け入れ続けたのだった。

翌日。ティシアが目覚めたのは、昼下がりだった。オージストは仕事に行ったのかいない。

周囲を見回すと、体を清める水の張ってある桶《おけ》と布が置いてあった。その隣に、新しい服と、シプリーからもらった丸薬の袋も置いてある。

ティシアは体を清めて服を着たあと、丸薬を飲んだ。黒い髪がたちまち銀色に変わり、肌の色も白くなる。

オージストが屋敷の者にあらかじめ話していたのか、使用人たちは昨日と違う姿になったティシアを見ても、なにも言わない。

娼館に行く際には、門番が一人ついてきてくれた。その道すがら、感心した声で彼が呟く。

「さすが変装の達人ですね」

なるほど、そういうことになっているのかと理解し、ティシアは適当に話を合わせた。オージストは、薬のことを口外しないでいてくれたのだろう。

夕方の忙しい時間帯に行ったにもかかわらず、店主は温かく迎えてくれた。

「ティシア、心配したよ！」

「ご迷惑をおかけしてしまい、申し訳ございません」

ティシアは深々と頭を下げる。

「ソレル大臣の使いから、話は聞いたよ。無事でよかった」

「は、はい……」

自分の思いに従い行動を起こしたせいで、周囲に迷惑をかけてしまったことには変わりない。それに、ティシアがなにもしなくても、オージストが彼女たちを助けたのだ。迷惑だけをかける結果となり、今さらながらに自分の浅はかさを恥ずかしく思う。

しかし、そんなティシアに抱きつく女がいた。

「ティシアさん！」

「きゃっ」

顔は見えないけれど、銀の髪が見えたので、誰なのかすぐにわかった。

「コリーナ？」

声をかけると、彼女は顔を上げる。

「どうして、一度しか会ったことないのに、わたしなんかのために……」

彼女の目の周りが腫《は》れていた。肌が白いぶん、よく目立つ。おそらく、一晩中泣いていたのだろう。

経緯を話すと長くなるので、ティシアは簡潔に答える。

「あなたのことを放っておけなかったのよ。ごめんなさいね、勝手な真似をして」

「そんな、勝手な真似だなんて……！　親父が死んでから、感染病にかかってるってみんなから避けられて……賃仕事もなかなか見つからなくて、優しくしてくれるのは薬草屋のおじさんだけだった。そんな中……一度しか会ったことのないあなたが、わたしのために捕まったって知って……」

ぶわっと、彼女の大きな瞳から涙が零《こぼ》れた。

「わっ、わたしにも、見返りなしで、……うっ、優しくしてくれる人が、いたことが嬉しいのに、もう、会えないかもって思って……お礼も言えてないのに、わたし……っ」

それを聞いて、ティシアの胸が熱くなる。

優しくしようと思った訳ではない。しかし、ティシアの行動が彼女の心も救ったのは確かなようだ。

軍が動いていたのだから、結局ティシアの行動はなんの意味もなかった。周囲に迷惑をかけただけである。

でも、たったひとり、コリーナにとっては救いになった。体だけではなく、精神的にも彼女を救えたのだ。

それだけでも、あの行動には価値があったのだとティシアは思う。

ティシアも涙目になりつつ、コリーナの背中を優しく撫《な》でた。

「コリーナ。あなたのお父さんの借用書が破られるのを確認したから、借金は消えたはずよ」

「はい、午前中に来た大臣様の使いのかたが、わたしの借金はなくなったって仰《おっしゃ》ってました。金貸しの人も、奴隷売買に関与していて捕まったって」

「そう、よかった」

ティシアはほっとする。

「もう、身を粉にして働かなくても、わたし一人で慎ましく生きていくだけでいいのですが……わたし、ここで娼婦として働こうと思うんです」

「えっ⁉」

ティシアが思わず店主を見ると、彼は頷《うなず》く。大金を稼ぐ理由がないのにわざわざ娼婦になるのは、予想外だった。

「ここ、お屋敷もとても綺麗で、食べ物も美味《おい》しくて、浴場《ハマム》も素敵で、娼婦のみなさんも優しくしてくれて……。ここを出て行きたくないと思ったんです。それに、大臣様の使いのかたのおかげで、わたしの感染病の誤解も解けたみたいで、店主がここで働いてもいいって」

「……わかるわ、その気持ち」

ティシアはうんうんと頷《うなず》く。素晴らしい施設と、温かい人々。この環境が貧《まず》しい暮らしをしている少女の心をつかんで離さないのは、ティシアにもよくわかる。

「さて、ティシア。ソレル大臣から、あんたを引き受けると連絡をもらっている」

店主は、ティシアに布袋を差し出した。

「えっ？」

それは初耳である。しかし、彼と結ばれ、秘密も全て打ち明けた今となっては、確かにティシアが娼婦を続ける必要はなかった。オージストもそれを踏まえて、手筈を整えてくれたのだろう。

「専属娼婦としての代金は既に頂いているけど、さらに身請料《みうけりょう》も頂いた。だから、少し早いけど、あんたのお給金だ。見てごらん」

「え……！」

はしたないと思いつつ、ティシアはその場で布袋を覗く。そこには、予想よりも多い金貨が入っていた。

「これ、計算間違ってませんか？」

「いや、この額で間違いないよ。それに、うちは全然損していない。それは、あんたがもらうべき正当な報酬だ」

「こんなに……！　ありがとうございます！」

ティシアは深々と頭を下げる。

「礼ならソレル大臣に言いな。さあ、荷物をまとめておいで」

「はい」

ティシアは荷物をまとめながら、ミーラたち娼婦仲間に挨拶をした。ギズにもしっかりと謝罪をする。

そしてティシアは、ひと月にも満たない短い間、世話になったアラーニャ娼館に別れを告げる。

熱いものが胸にこみ上げてきたけれど、最後は笑って門をくぐった。

◆　◆　◆

ティシアがオージストの家で暮らすようになって一週間後、ようやく目的の薬草を入手できた。

オージストの仕事が休みの日に、丸薬で姿を変えてから村に帰る。

家に着くなり足の病《やまい》の薬を作り、シプリーに飲ませた。まったく動かなかった足が、微かに反応を見せる。病気が治ったとしても、すぐに歩けるようになる訳ではないので、ゆっくり慣らしていくしかないだろう。

そして、過去に奴隷売買の罪で捕縛し処分した者の一覧をシプリーに見せた。その中のとある名前を見て、彼女は脱力したように机に伏せる。

「あったわ……」

そう呟いたシプリーの声は、呪縛から解き放たれた安堵《あんど》で震えていた。

これでもう怯《おび》える必要も、薬を飲んで姿を偽る必要もない。

ティシアが胸を撫《な》で下ろすと、オージストが言葉を続けた。

「実は先日の奴隷商人の中に、昔から追っていた元締めがいて、ようやく捕らえることができた。奴隷売買厳罰化の法案が決まり、今後は奴隷売買はなくなっていくだろう」

「本当ですか？」

ティシアがぱっと表情を輝かせる。

「顧客名簿を押収することができた。そこから、売買された奴隷の行方《ゆくえ》を追うこともできる。できるかぎり、救い出すつもりだ」

「……っ！」

ティシアは過去に自分とシプリーだけが逃げてしまったことを悔やみ、奴隷市場に乗りこむ決意をした。それでも、十年前の奴隷を助けられる訳ではない。

しかし、奴隷たちの行方《ゆくえ》がわかれば、十年前に売買された奴隷も、それ以外の奴隷も、救うことができるかもしれないのだ。全員が無事であるとは限らないが、希望は持てる。

「母君、そしてティシアよ。心配事がなくなったのなら、ふたりで王都に来ないか？　この村には、王宮を辞す予定の調薬師を派遣しよう」

「ふたりで王都に？　……ということは、ティシア。あなた、大臣様と結婚することにしたの？」

「あっ……！」

そういえば、一週間前にこの家に来たとき、ティシアは結婚を渋るような発言をしていた。そのすぐあとに求婚を受け入れたのだが、シプリーに報告していない。

「あのね、母さ……」

慌てて伝えようとしたところで、オージストが先に言葉を発した。

「これは大変失礼なことをした。ティシアからは返事をもらっているが、母君への報告がまだだったな」

オージストは床に片膝をつく。大臣に跪《ひざまず》かれ、シプリーは驚いて目を瞠《みは》った。

「だ、大臣様！　お立ちになってください！」

「母君よ、今まで女手ひとつでティシアを育ててくれたことに感謝する。彼女は、私にとっての運命の女性だ。そなたのおかげで、出会うことができた。これからは、私が夫となり彼女を守っていくと誓おう」

結婚の許しを請《こ》うのではなく、彼はティシアを守ると誓った。その言葉に、シプリーは瞳を潤《うる》ませる。

「ああ、大臣様……。娘のことを、宜しくお願いします」

母の頬を大粒の涙が伝い落ちた。

シプリーは気が強く、滅多《めった》なことでは泣かない。ティシアも彼女の泣き顔を見たことがなかった。

そのシプリーが、涙を流してティシアの結婚を喜んでいるので、目頭が熱くなる。

跪《ひざまず》いて誓いを立てたオージストからは男としての愛情を、泣いて喜ぶシプリーからは母親としての愛情を感じた。

ティシアは胸がいっぱいになり、なにも言えなくなってしまう。

ふと、オージストがティシアを見る。視線があうと、彼の蜂蜜色の目が優しく弧を描く。

（ああ――なんて、幸せなの）

ティシアは微笑《ほほえ》みを返しながら、これからの未来に思いを馳《は》せた。

後日談　ふたつの奇跡

ティシアとシプリーの問題が解決してから一週間。

シプリーの足が回復し、ふたりは王都に移り住むことになった。村のみんなや耳飾りを貸してくれた商人への挨拶を済ませ、さっそく出発する。

王都に着くと、シプリーもオージストの屋敷に驚いたようで、治ったはずの足がすくんでいる。その気持ちはわかると思いつつ、ティシアはシプリーとともに屋敷に入った。

オージストは広間にいるらしく、使用人が案内する。

「ただいま戻りました、オージスト様」

ティシアたちが広間に入ると、そこには客がおり、オージストよりも上座に座っていた。大臣である彼よりも上の位置に座る人物は限られる。

「王子様……！」

「やあ、ティシア。結婚おめでとう」

人懐こい笑みを浮かべて、第七王子のサンドロスは片手を上げた。

奴隷市場の事件について、サンドロスは全容を知っている。というのも、奴隷対策の指揮官が彼だったらしい。

だから、彼はティシアの薬についてオージストから報告を受けており、誤魔化《ごまか》すのに力添えしてくれたそうだ。

サンドロスにも世話になったと、ティシアは礼を言ってからシプリーに紹介をする。

「母さん、こちらのおかたは、第七王子のサ――」

そう言いかけると、シプリーはさっとティシアの後ろに隠れた。

「えっ？　母さん？」

宮廷調薬師として働いていたシプリーは、王族に対しての礼儀作法をティシアよりも知っているはずだ。なのに隠れるなんて、一体どうしてしまったのか。

「母さん、どうしたの？」

「申し訳ございません。気分が悪いので、失礼しま――」

シプリーが俯《うつむ》き、顔を隠しながら退室しようとしたときだった。

サンドロスが素早い動きでシプリーとの距離を詰め、その腕をつかむ。

「王子様っ!?　なにを……！」

ティシアが声を上げるが、サンドロスの視界にティシアは入っていない。

「ほう……久しぶりだねえ？」

シプリーの顔を覗きこんで、サンドロスは嬉しそうに微笑《ほほえ》む。

「母のことをご存知なのですか？」

シプリーは十年前まで王宮で働いていたのだから、サンドロスと面識があってもおかしくはない。確かふたりとも同じくらいの歳のはずだ。

しかし、王宮で働いていた頃のシプリーは、黒髪で褐色《かっしょく》の肌をしていた。薬が効いている今の姿は銀髪で白い肌だし、他の誰かと勘違いをしているのではないか。

そのことにオージストも気付いているようで、助け船を出してくれた。

「殿下、人違いではありませんか？」

「ほう？　人違い？　そうなのか？」

サンドロスはシプリーに向かって話しかける。知らないと言えばいいのに、シプリーは黙ったままだ。

「君が十九年前に会った女とよく似ていると思うのは、僕の勘違いか？」

「十九年前……？」

ティシアが産まれる前だ。その頃、シプリーは宮廷調薬師の試験に女性最年少で合格し、王宮で働き始めたと聞いている。

「もしかして……」

ティシアは、以前サンドロスから聞いた話を思い出した。彼の前から名前も告げずに姿を消した銀髪の女の話を。

その女こそ、シプリーだったのではないのだろうか？　当時、既に丸薬を作りだしていたのなら、十分ありえる話である。

「こちらに来い」

サンドロスはシプリーの手を引いて、無理矢理自身の隣に座らせた。彼は、ティシアとシプリーの顔を見比べる。

「なるほど。僕の不思議な力は、不可能なことを可能にする奇跡さえ起こすようだ」

「殿下、それは、もしや……」

オージストが珍しく動揺する。ティシアだけ意味がわからず、小首を傾《かし》げた。

「ようやくわかったよ。僕は銀髪の女を特に好むのに、なぜティシアを抱きたいと思わなかったのか。それどころか、そういうことを考えることさえ嫌だと思ってしまったんだ。それはつまり、無意識に近親を避けていたようだ」

「えっ!?」

そこまで言われて、ようやくある推測に行き着く。

確かにティシアも、サンドロスに抱かれたいとは微塵《みじん》も思わない。その理由は、もしや――

「正直に答えろ。そこのティシアは、僕の子か。そして、お前があのときの女か」

サンドロスはシプリーの顔を覗きこむ。シプリーは視線をさまよわせたあと、こくりと頷《うなず》いた。

「えっ、えええ……!?」

驚きのあまり、ティシアは声を上げてしまう。父親が生きていたことも驚きだが、よりにもよって王子だったとは。

ティシアはサンドロスの顔を見つめる。そんなに自分と似ているようには思えないが、強いていえば鼻の形が似ているかもしれないと思ってしまった。

サンドロスは、なおもシプリーに語りかける。

「なぜ逃げたのか、僕には聞く権利があると思うが……お前の話を聞かせてくれ」

「……わかりました」

シプリーは覚悟を決めたような表情を浮かべ、話し出す。

「殿下と出会った当時、わたしは宮廷調薬師になったばかりでした。調薬が面白く、仕事のあとも職場に残って、色々な薬を作っていました。あるとき、髪と肌を変える薬を偶然生みだしたのですが、姿を見られる訳にはいかないと、薬が効いている間は隠し通路に隠れていました。当時は、効果が数時間しか持たなかったので」

今は二十時間は効果があるが、そこに至るまで試行錯誤を繰り返したのだろう。しかし、そんな薬を作れてしまうシプリーは天才だと、改めてティシアは思う。

「隠し通路に隠れていると、女性に追われている殿下を見かけることがあったので、何度か匿《かくま》いました。そして、殿下と深い仲になりましたが……ある日突然薬が効かなくなり、しばらくして、自身の妊娠に気付きました。そのときの子が、ティシアです」

シプリーの口から語られたことで、ティシアは自身の父親がサンドロスであると実感する。

「なぜ、僕に言わなかった」

「薬が効かなかったのは妊娠していたからです。殿下にとってのわたしは銀髪と白い肌の女だったので、お話ししても信じてもらえないだろうと思っていましたし、なにより殿下には子供ができないとされていたのです。それに殿下が信じてくれたとしても、周囲の人に信じてもらえると思いますか？　苦しむのは、産まれた子供です。自分の子供が辛い思いをするとわかっているのに、その道を選ぶ母親はいません」

シプリーはきっぱりと言いきった。女ではなく、母として生きることを選んだのだと伝わる。

「わたしは調薬師として手に職を持っていましたし、片親でも娘に貧《まず》しい暮らしをさせない自信がありました。だから、わたしより、そして殿下よりも、子供の人生を優先したのです」

「母さん……」

確かに、ティシアは今までお金に困ったことはない。今回は足の病気のせいで高価な薬草が必要になったけれど、それまで食べ物や着る物に悩む日々は送っていなかった。

シプリーと過ごしてきた日々は、間違いなく幸せだったとティシアは胸を張って言える。

たとえ王子の子として王宮で暮らしたとしても、「父親が違うのではないか」と言われながら育っていたら辛かっただろう。

「殿下から自分の幼子《おさなご》を抱っこする権利も、成長を見守る権利も奪いました。殿下には申し訳ないと思っております。でも、自分の選択は間違っていなかったとも思います。失礼ながら、王位をめぐる諍《いさか》いは王宮では日常茶飯事です。そこに自分の娘が巻きこまれることを思うと、そうすることはできませんでした」

そのシプリーの声に、迷いはない。サンドロスも、彼女を責めることはなかった。

「確かに僕は辛いけれど、娘のためにはいい決断だったんだろうね。ティシアを見れば、幸せに過ごしてきたことがわかるよ。王宮は子供がすくすくと育つような環境じゃない」

サンドロスが静かに話す。

「殿下、どうかわたしのことはお忘れくださいませ。わたしは娘を産んだあとも、厚かましくも宮廷調薬師として働き、殿下を欺《あざむ》き続けた女です」

シプリーは膝に両手をついて、深々と頭を下げる。

彼女は許しを請《こ》うことはしなかった。それは、自身の決断は間違っていないと思っているからだろう。

「……いや、髪と肌の色が違うとはいえ、王宮にいたお前を見つけられなかったのは僕だ。僕には自分の想い人と娘を見つけられる機会が与えられていたんだ。見つけられなくて、すまない」

サンドロスは辛そうに目をすがめた。

「でも、もうお前がティシアを守る必要はない。彼女はもう、子供ではない年齢だ。これからは我が腹心の部下であるオージストの妻として、新たな人生を送るだろう。……となれば、お前はこれから、母ではなく、女として生きていけるのではないか？」

「……いえ、孫が産まれれば祖母という生きかたがございます。殿下と共に歩む道は、とうの昔に捨てました」

シプリーは頭を下げたまま、サンドロスの顔を見ようとしない。

ティシアには、サンドロスは未だにシプリーを想い続けているように見えた。

はたして、シプリーの気持ちはどうなのだろうか？　サンドロスのことを好きなのか、そうでないのか、気になってしまう。

しかし、ティシアを産んだあとも宮廷調薬師を続けたことにその答えがある気がした。生活のこともあったのだろうけれど、本気でサンドロスから隠れようとしていたとは思えない。

本当は、見つけてもらいたかったのではないだろうか？

「……わかった」

サンドロスの言葉に、シプリーはぱっと顔を上げた。

「今日一日で口説けるとは思わない。僕はもう、お前を見つけた。時間はいくらでもある。お前が捨てたと言った、僕と共に歩む道——その道を再び見つけられるように、僕は努力しなければいけないね。毎日お前を口説きにくる」

「えっ」

毎日と聞いて表情を曇らせたシプリーを尻目に、サンドロスは立ち上がる。

「オージスト、今日は帰らせてもらう。また明日、この屋敷に来てもいいか？」

「殿下の訪問を断る権利は、私にはありませんが……」

オージストはちらりとシプリーを見た。シプリーは助けを求めるように、ふるふると首を横に振る。

「私の義理の母となるおかたです。ふたりきりにはできませんが、それでも宜しいでしょうか？」

「ああ。彼女の口から僕とふたりになりたいと言わせてみせよう。ならば、問題ないだろう？」

にっとサンドロスが笑う。自分の父親なのだけれど、格好いいとティシアは思ってしまった。

「では、ティシアもまた明日。次は土産《みやげ》を持ってこよう。会えなかった間、どのように暮らしていたのか、お前とも話がしたい。お前は私の娘なのだからね」

「は、はい……」

「殿下は私がお見送りする。そなたは、ここで母君と休むがよい」

オージストも立ち上がり、サンドロスとともに部屋を出て行く。広い部屋に残されたティシアは、呆然としているシプリーに話しかけた。

「まさか、父親が生きていたなんて……しかも王子様だったなんて、びっくりした」

「母さんも、まさか殿下がこんなところにいるなんて思わなかったわ……。髪の色さえ違ったら、気付かれなかったかもしれないのに……」

シプリーは銀の髪を撫《な》でる。

「まあいいわ、明日からは黒い髪に戻るもの。普通の容姿のわたしには、殿下も興味を持たないでしょう」

「……そうかな?」

ティシアはぽつりと呟く。

サンドロスは何度も自分に抱かれた唯一の女だからと、シプリーに執着しているようだった。シプリーの髪や肌の色が変わったところで、さして気にしないのではないか。

「そういえば、十年前に王子様に助けを求めようとは思わなかったの?」

「殿下を探すより先に捕まってしまう確率のほうが高いと思ったわ。あのときは王都から逃げるのが先決だと思ったし、それで正解だったのよ。だって、わたしたち生きてるでしょう？」

「そうね、母さんの判断が正しかったということよね」

ティシアは納得したように頷《うなず》く。

「でも、母さんは本当のところ、王子様のことをどう思っているの？　好きなの？」

「うーん、そうねぇ。当時は素敵だと思っていたけど、女好きってところがねぇ……なんか、嫌よねぇ……」

「ああ……」

第七王子は女なら来る者拒《こば》まずと言われている。それはいつか銀の髪の想い人――つまりシプリーが再び来てくれることを願っての行為だったのだが、当事者としては受け入れがたいだろう。

ティシアも納得する。

「とりあえず、殿下も今更あなたを娘として公表することはないと思うから、安心なさい」

「わかった」

「それと……父親のことを黙っていて、ごめんなさい」

シプリーが頭を下げたので、ティシアはぶんぶんと首を横に振る。さすがに王子が父親だなんて、言えないだろう。

「いいのよ。びっくりしたし、まだ信じられないけど……でも、今まで生きてきた十八年は、母さんのおかげで幸せだったもの」

この十年間は怖かったし、奴隷市場のことを知りながら逃げてしまった罪悪感もあった。それでも、サンドロスの子として王宮で窮屈《きゅうくつ》な人生を送るよりはよかったと思う。それにティシアがこの人生を送っていなければ、オージストと結ばれることもなかったのだ。

「はぁ……。本当に毎日来るつもりなのかしら」

シプリーがため息をつく。

「自分のしたことに責任を持ちなさい。もし結婚するつもりがないのなら、よく話しあうことね……ってわたしに言ったじゃない。その言葉、そっくりそのままお返しするわ」

「う……そうよね、自分の言葉とはいえ、本当にその通りだわ……」

ため息をつくシプリーの姿に、ティシアはふと思う。

これから先、サンドロスはシプリー一筋になるのではないか。そのとき、彼女がどういう答えを出すのか――

切なそうなシプリーの横顔を見て、ティシアは未来に思いを馳《は》せた。

◆　◆　◆

ティシアがオージストの屋敷に来て、ひと月が経とうとしていた。

村を出てからというもの、もう薬を飲んでいない。黒髪のティシアを、オージストは前と変わらず愛してくれるからだ。

同じように黒髪に戻ったシプリーのところには、毎日サンドロスが訪ねてきた。最初は困っていたシプリーも、最近は満更でもなさそうである。以前は華美な装飾が嫌いだったはずなのに、いつしか贈り物の髪飾りをつけるようになった。

自身のことよりもティシアの人生を優先してくれたシプリーには、幸せになって欲しいとティシアは心から願っている。ふたりの様子を見ていると、悪いほうにはいかないだろうと思えた。

ティシアとオージストも順調で、結婚式まであと少しである。

そんなある日のこと、オージストは、休日の朝一番に王宮に呼び出された。ずっと一緒に過ごせると思っていたティシアは、残念に思う。

しかし、サンドロスが訪ねてきたり、結婚式の準備があったりと、忙しくしているうちにあっという間に時間は過ぎる。

お昼頃になると、オージストが仕事を終えて戻ってきた。一日かかるかもしれないと思っていたので、嬉しくなる。

「オージスト様、お帰りなさい！」

「……ああ、ただいま帰った」

出迎えたティシアの手を引いて、オージストは自室へ向かった。途中で会った使用人に、昼食はあとにすると伝える。

彼は部屋に入るなり、激しくティシアの唇を貪《むさぼ》ってきた。

「んむっ、ん……」

驚きながらも、彼の口づけを必死で受け止める。

オージストは決して、仕事の愚痴《ぐち》を言わない。だが、その代わりに、仕事でどうしようもないことがあったとき、こうしてティシアを激しく抱くのだ。

大臣職は色々と大変なようで、かなり我慢しているらしい。それでも、ティシアを抱くと嫌な気持ちが消えていくのだとオージストは言っていた。

休日にわざわざ呼び出された上に、嫌なことがあったのだろう。彼は部屋の壁にティシアを押しつけたまま、唇を貪《むさぼ》り、服の上から胸を揉《も》む。

「はぁっ、ん……！」

彼に触られると、たちまち胸の先端がつんと尖《とが》る。彼のものも硬くなり、ティシアに押し当ててきた。

オージストは唇を離すと、ティシアの体を反転させ、壁に手をつかせる。

「立ったままでは、したことがなかったな」

「えっ」

そういえば以前、知りうる全ての形で繋がりたいと彼は言っていた。前から、後ろから、横から、そして座りながらはしたことがある。立ったままは、したことがない。

「まさか……」

「そのまさかだ」

オージストはティシアを立たせたまま、下衣《シャルワール》の中に手を差しこんできた。淡い下生《したば》えを通り、その奥にある秘処へと指が到達する。

そこはすでに、蜜が滲《にじ》んでいた。

「っ、あぁ……！」

彼の指が秘裂をなぞる。潤《うる》む蜜口は、簡単に彼の指を受け入れてしまった。

「はぁん！」

じゅぷりと、水音が耳に届く。

オージストはほぐすように、ゆっくりと中をかき混ぜた。流れ落ちる蜜が、下衣《シャルワール》を濡《ぬ》らしていく。

迫り来る快楽に流されて、ティシアはたまらず腰を突き出した。足に力が入らなくて、普通に立っていられない。

「もう欲しくなったのか？」

満更でもなさそうな声色《こわいろ》で、オージストは言う。彼は指を引き抜くと、自《みずか》らの服をくつろげ、昂《たか》ぶっていた熱杭を取り出した。

これから、立ったまま彼と繋がるのだ——そう思った瞬間、彼はティシアの下衣《シャルワール》の上から怒張《どちょう》を秘処にあてがう。

「えっ……？」

思わず体を強張《こわば》らせるが、彼は躊躇《ちゅうちょ》なく腰を進めた。

「……っ、はぁあ……！」

彼のものが布ごと中に入りこんでくる。

「ま、待ってくださ、っああ！」

アラーニャ娼館にいたときにも着衣のまま繋がったことがあったが、あのときとは違い、オージストのほうは熱杭を取り出している。だから、彼のものは奥のほうまで侵入してきた。

しかし、下衣《シャルワール》に阻まれているので最奥までは入ってこない。

「あっ、ぁあっ！」

オージストは布などお構いなしに、腰を穿《うが》った。入りこんできた布の皺《しわ》に媚肉を引っかかれて、いつもと違う快楽に襲われる。

蜜がしみこんだ下衣《シャルワール》はティシアの肌に貼りつき、形のいい尻の輪郭を露《あら》わにしていた。しかも白い下衣《シャルワール》だったので、うっすらと肌の色が透《す》けて見える。

「実にいい眺めだ」

オージストに尻を撫《な》でられた。彼が腰を穿《うが》つたびに、布の皺《しわ》の形が変わる。

「ひうっ、んっ、あっ」

最奥までは届かないけれど、布が与えてくる感触は刺激的で、いつも以上に感じてしまう。

それでも、ティシアは嫌がるように腰を横に振った。

「オージスト様……っ、お願いです。どうか、直接……っ」

振り返る余裕も無く、壁に手をついたままの体勢で懇願《こんがん》した。

すると、オージストが楔《くさび》を抜く。

「あぁっ」

彼のものは抜けたが、押しこまれた布はまだ中に入ったままだった。

オージストはティシアの下衣《シャルワール》に手をかけるも、脱がさないまま窪んだ部位に指を差しこむ。そして、布ごと中をかき回された。

「んっ！　意地悪、しないで……ひっ、あぁっ」

「中から布を取ってやろうと思ってな」

彼はそう言うものの、その指の動きは遊んでいる。

ティシアをしばらくいじめたところで、オージストは布に指をひっかけ、外へ引っぱり出す。

「ひっ、ぁああ！」

媚肉に貼りついていた布が剥《は》がされていく感触に、膝が震えた。

内側から布が抜けきると、オージストは下衣《シャルワール》をゆっくりと下ろしていく。ぐしょぐしょに濡《ぬ》れたそれが、糸を引きながら床に落とされた。

ようやく解放された蜜口は、物欲しそうに震えている。そこに、オージストのものが一気に根元まで挿入された。

「っああ！」

ティシアはたまらずつま先立ちになり、もがくように壁を指で引っかいた。

立ったままの体勢で、彼は腰を強く打ち付けてくる。最奥を穿《うが》たれると、蜜壺が嬉しそうに彼をしめつけた。

「はぁ……っ、ティシア……」

オージストはティシアの首筋に、顔を埋めた。そこを甘噛みしながら、今度はゆるゆると腰を振る。

最初は激しく貫いてきたのに、今度はゆっくりと動いてくる。ティシアは思わず自《みずか》ら腰を揺らしてしまった。

そのことに満足したのか、彼はティシアの尻を撫《な》でる。それから、中を探るように腰を回した。

「あっ、あぁっ」

「立ったままだと、ここがよいのだな？」

たった一周しただけで、ティシアの感じる部分を見つけた彼は、その場所を重点的に攻めてきた。

ティシアは膝ががくがくと震えてしまい、立っているのがやっとである。

「はぁっ、んっ、ふあっ……、はぁ」

ゆっくりとした動きなのに、じりじりと追い立てられていく。

逃げ場のない快楽に、ティシアは静かに達した。

「ひぅ……っ、ん、ぁあ……！」

蜜壺が強く、彼をしめつける。

「……っ！」

オージストも小さく呻いて、精を放った。ティシアの中が、彼のもので満たされていく。

「ティシア……」

彼は楔《くさび》を抜くと、ティシアの体をくるりと反転させ、口づけてくる。

「んっ……」

栓がなくなり、放たれた精が内腿を伝って流れ落ちていった。その感覚にさえ、ティシアは体を震わせる。

「急にすまなかった」

唇を離して、オージストが謝罪した。その表情は、いつもの通り冷静だ。

「いえ……いいんです」

ティシアは微笑《ほほえ》んだ。

普段は愚痴《ぐち》ひとつこぼさない彼が、ティシアを抱くことで心の平穏が保てるなら、いくらでも協力したい。

それに、彼は激しく抱いてきても、乱暴なことや痛いことは絶対にしなかった。

オージストは必ずティシアが気持ちいいように抱いてくれるのだ。そんな彼だからこそ、安心して身を任せられる。

「食事を済ませたら、街にでも行くか？」

「オージスト様はお仕事をしてきたばかりですよね？　家で休んだほうがいいかと……」

仕事をして、交《まじ》わって、そのあと街に出るなんて、なかなかきつい日程だ。

しかし彼は、大丈夫だといわんばかりに笑みを浮かべた。

「体力はあるから心配するな。それに、毛長鼬《フェレット》を仕入れた店があるらしい。見に行かないか？」

「毛長鼬《フェレット》を……？　とっても見たいです！」

毛長鼬《フェレット》と聞いて、ティシアは即答する。ふたりは体を清めて食事をしたあと、街へと向かったのだった。

「かわいかったです……！」

街から屋敷に戻ったあと、ティシアはその姿を思い出し、うっとりと目を細めた。

初めて見た毛長鼬《フェレット》は、とても愛嬌《あいきょう》があった。猫に似ているけれど手足は短く、ふわふわの長い尻尾は思わず撫《な》でたくなるものだった。

「本当に予約しなくてよかったのか？　あれを買うくらいの蓄《たくわ》えはあるぞ？」

納得いかない様子で、オージストが訊《たず》ねてくる。

お店にいた毛長鼬《フェレット》は既に買い手がついていたため、見ることしかできなかった。

再び入荷するというので、オージストは予約しようとしたのだが、ティシアが止めたのだ。

「いえ、見るだけで十分です。もし子供ができたら、毛長鼬《フェレット》のお世話がおろそかになるかもしれないですし……」

それに、近づいてみて気付いたが、毛長鼬《フェレット》は独特の匂いがした。つわりのときには、辛く感じてしまうだろう。

愛玩動物を飼うならば、責任を持たなければならない。妊娠の可能性が少しでもある以上、飼うべきではないと考えたのだ。

ティシアはあくまで可能性の話として語ったのだが、オージストにはおねだりに聞こえたらしい。

「毛長鼬《フェレット》よりも子供か……。それでは、励まねばならぬな」

そう言って、彼はティシアの体を抱き上げ、寝台に運ぶ。

「ええっ？」

そして、寝台に押し倒されるやいなや、ティシアはあっという間に裸にされる。

彼も裸になると、街に行く前にもしたというのに、下腹部のものは硬く勃《た》ち上がっていた。

寝かされたティシアの足の付け根に、彼の太股を押し当てられる。太股の毛が、ちりちりと敏感《びんかん》な部分を刺激してきた。

「んうっ、くすぐった……んむっ」

身をよじらせると、彼が深く口づけてきて、言いかけた言葉を呑みこむ。

「はぁ、ん――」

毛で刺激されるのは、手とも口ともまた違った感触だ。ティシアの体から溢《あふ》れた蜜が、彼の太股を濡《ぬ》らして滑《すべ》りをよくする。

ティシアの腰も自然と揺れてしまった。それを察したのか、口づけたままオージストの口角が上がる。

彼は腰の位置をずらすと、昂《たか》ぶったものの先端を蜜口に押し当ててきた。彼の太股に擦《こす》られただけなのに、そこはもう準備ができている。

下半身に気を取られていると、つんつんとオージストがティシアの舌先をつついてきた。なんだろうと思いながら、舌をつつき返すと、彼の楔《くさび》が中に入ってくる。

「っ、ん！」

奥まで一気に貫かれて、ティシアの腰が浮く。

するとと、彼が再び舌先をつついてきた。同じようにやり返すと、今度はティシアの片足を担いで肩に乗せる。

「……っ！」

挿入の角度が変わり、最奥の手前あたりに先端がぐりっと押し当てられた。

「んむっ、んっ、んんぅ」

その場所を強く刺激されると、お腹の奥がむずむずして、変な気分になってくる。腰を揺らして逃げようとするが、しっかりと足をつかまれていてなにもできない。

「——っ！」

またつんつんと舌をつつかれたが、ティシアは返さなかった。すると、返事を求めるように、繰り返し舌をつつかれてしまう。

「うぅ、んっ……」

舌をつつき返せば、彼は腰を穿《うが》ってくるはずだ。その部分を強く突かれたら、どうなってしまうのか。押し当てられているだけでも痺《しび》れるのだ、ティシアは怖くて動けなくなる。

すると焦《じ》れたのか、オージストが秘玉を指でつついてきた。舌をつつくのとあわせて、指の腹を押し当ててくる。

「んうっ、んっ！」

一気に快楽が押し寄せてきて、ティシアは涙目になる。何度も秘玉をつついたあと、オージストは秘芽《ひめ》の包皮を剥《む》こうとしてきた。

「……っ！」

ただでさえ敏感《びんかん》な場所なのに、包皮を剥《む》かれたらたまったものではない。ティシアは降参するかのように、彼の舌をつつき返した。

「っんん、んーっ！」

すぐに彼の腰が激しく動き、最奥の手前の部分を絶妙な角度で穿《うが》ってくる。

「んむぅ、ん！　んんっ！」

最奥を穿《うが》たれるのとは、また違った快楽が花開いた。一番深い部分を穿《うが》たれないもどかしさと、くすぐったいような感覚――

逃げたいのに、媚肉は彼の昂《たか》ぶりに嬉しそうに絡みつく。

「……っ、んっ、ん！」

がくがくと体を震わせて、ティシアは果てた。しかし、まだ達しないオージストに腰を穿《うが》たれ、飛沫《しぶき》があがる。

「んーっ！」

穿《うが》たれるたび、彼の腹を濡《ぬ》らしてしまった。ティシアの意志では止められない。

初めて潮を噴いてしまったときには、なにが起こったのかわからなかったが、今となっては数え切れないほど経験している。

この現象は強く感じた証《あかし》なので、オージストは嬉しいらしい。だから、恥ずかしいけれど嫌ではなかった。

そんなことを考えていると、結合部が熱く痺《しび》れる。熱杭と収縮する媚肉が擦《こす》れあい、やがて彼のものは打ち震えながら精を吐き出した。

「……っ！」

奥の部分まで精が流れこんでくると、ティシアは再び達してしまった。

そこでようやく、オージストが唇を離す。彼は下腹を濡《ぬ》らす透明な液体を指先でなぞり、微笑《ほほえ》みを浮かべていた。

「あ……、ごめんなさい……」

ティシアが思わず謝ると、彼は首を傾《かし》げた。

「なぜ謝るのだ？」

「だって、濡《ぬ》らしてしまったから……」

感じたがゆえの現象とはいえ、彼の体を汚してしまったことには変わりない。ティシアが拭く布を探そうとすると、彼が言う。

「私も、そなたの中に体液を注《そそ》いでいるのだ。そなたが私を濡《ぬ》らすのは、嬉しく思う」

「……っ！」

下腹の液体を愛おしそうに撫《な》でながら、オージストは目を細めた。切れ長の瞳には色気があって、ティシアは思わず見惚《みと》れてしまう。

「さて、浴場《ハマム》に行くか」

彼の熱はおさまったようだが、ティシアの体はまだ燻《くすぶ》っていた。寝台から下りようとした彼に抱きつき、自分から唇を重ねると、彼の舌先をつつく。

「――む」

驚いたように見開かれた彼の蜂蜜色の目が、ゆっくりと弧を描く。

オージストはつんつんと舌をつつき返し、ふたりの体は再び寝台へと沈んだ。

「私の花嫁は、ずいぶんと可愛らしいお強請《ねだ》りをするのだな」

汗ばんだティシアの首筋を舐《な》め上げながら、オージストが言う。

「先ほどのでは、足りなかったのか？」

「ち、違います」

「そうであろうな。あれほど感じていたのだから」

得意気にオージストが微笑《ほほえ》む。

彼はティシアの秘処に手を伸ばすと、二本の指を挿《い》れた。たっぷりの精を受け入れたそこは、大きな水音を立てる。

「ああっ」

「涎《よだれ》を流しながらしめつけてきたな。ずいぶんと食い意地が張っているようだ」

彼はティシアの蜜壺を掻き回しながら、胸の谷間に顔を埋めた。

「はぁ、ん……」

ティシアの胸の柔らかさを堪能《たんのう》したあと、彼は勃《た》ち上がった先端を口に含む。

「っん！」

軽く歯を立てられると、快楽が体を突き抜けて腰が浮いた。

オージストは胸の先端を愛撫したまま、二本の指を交互に動かす。泡立った精が掻き出されて、シーツに染みを作った。

「あっ、ん……」

彼の指はティシアのいい部分を的確に捉えていて、とても気持ちがよかった。それでも、指では届かない場所がとても切ない。

「っ、ん、オージスト様ぁ……」

きゅうっと指をしめつけながら、掠《かす》れた声で彼の名を呼ぶ。

彼はティシアの蕩《とろ》けた顔を見つめながら、指を動かし続けた。

「はぁっ、んぅ、っ、あぁ」

ティシアは涙目で彼を見つめる。

「私を求めるその表情……いつ見ても、そそられる」

オージストは満足そうに頷《うなず》くと、指を引き抜き、ティシアの秘裂を左右に割り開いた。内側から、精液と愛液が混ざったものが流れ落ちる。

彼はそこに昂《たか》ぶりをあてがうと、先端だけを埋めこんできた。

「え……？」

先端だけでは足りなくて、奥の部分が切なげにわななく。

すると、オージストは先端を埋めたまま、指も中に挿《い》れてきた。

「ひうっ！」

蜜口を今まで経験したことのない形に拡《ひろ》げられて、ティシアは体を仰《の》け反《ぞ》らせる。

「やっ、あ、これ……っ」

少しだけ繋がったまま、オージストは指を動かした。

「はあっ、ん……」

入り口付近をみっちりと塞がれて、その少し先の場所を節ばった指が刺激してくる。なんとも不思議な感覚だ。

「あっ、うぅ……」

指先で柔らかな秘壁を擦《こす》られて、ティシアの体がびくびくと震える。すると、もう彼は片方の手で秘玉に触れてきた。あっという間に包皮を剥《む》かれる。

「っあ！」

「こちらも膨《ふく》らんで、触れて欲しそうにしているな」

剥《む》き出しになったそこを指先でつままれて、ティシアの中が強くしまった。繋がっているのは先端だけなのに、彼は気持ちよさそうに息を吐く。

「やっ、これ、もう……っ」

ティシアの中に埋められた指が、秘玉の裏にある肉壁を擦《こす》る。それと同時に秘玉を強く押し潰《つぶ》され、快楽が頭からつま先まで突き抜けていった。

「――っ、ああああぁ！」

大きな声を上げながら、びくびくと体が痙攣《けいれん》する。

ティシアが達したのを見て、オージストは指を引き抜いた。続いて、腰をゆっくりと進めてくる。

「ひっ、あ……」

達したばかりで波打つ蜜壺の中を、硬い楔《くさび》が奥深く進んでくる。最奥まで埋めると、オージストは腰を押しつけてきた。

「あっ、お、奥……っ」

「達したばかりでこうされると、たまらないのだろう？」

激しく抜き挿《さ》しするのではなく、深く繋がったまま最奥をぐりぐりと刺激されて、何度も快楽の波が押し寄せてくる。

「愛《いと》おしい私のティシア……」

オージストは快楽に震えるティシアの唇に口づけて、少しだけ腰を揺すった。その刺激にティシアが再び達すると、彼も精を放つ。

「――っ」

奥まで注《そそ》がれた熱に、ティシアははらはらと涙を零《こぼ》した。

悲しい訳でも、辛い訳でも、苦しい訳でもない。感じすぎると泣いてしまうのかと、自分でも驚いてしまう。

「ティシア？」

泣いてしまったティシアを見て、オージストが青ざめた。

「どうした、辛かったか？　嫌なことをしてしまったか？」

あんなに好き放題していた彼が慌て出したのを見て、ティシアは思わず笑ってしまう。

「大丈夫です。気持ちよすぎて、涙が出てしまいました。わたしも驚いています」

目が涙でいっぱいになることはあったけれど、ここまで泣いたことはない。ティシアは目元を拭《ぬぐ》いながら、大丈夫だと微笑《ほほえ》んでみせた。

「そうか……」

オージストは安堵《あんど》の息をつく。

ティシアの泣き顔がよほど応《こた》えたのか、彼のものは平常時の大きさに戻り、中から抜けていった。

「では、今度こそ浴場《ハマム》に行こう。その前に、水を飲むか？」

「はい。ついでに、薬を飲んでしまいます」

明日の朝早くに、オージストの友人が家を訪ねてくる予定がある。オージストが銀髪白肌の女を娶《めと》ることは噂《うわさ》になっているため、薬を飲む必要があるのだ。

「ティシア。友人には黒髪褐色《かっしょく》に染めていると説明してあるのだから、薬を飲まなくてもよいのだぞ」

銀髪白肌の女が目立たないように髪と肌を染めることは珍しい話ではない。黒髪を銀色にして、褐色《かっしょく》の肌を白く染めるのは難しいが、その逆は染色剤もあるくらい一般的だ。

だからオージストも、ティシアが薬を飲まなくていいように、染めていると周囲に説明しているらしい。ティシアも普段は飲んでいないものの、今回は別だ。

「でも、珍しい銀髪白肌を見てみたいというかたは多いでしょうし……」

彼に水を注《そそ》いでもらうと、ティシアは机の抽斗《ひきだし》から丸薬を取り出し、それを飲む。

即効性のある薬なので、すぐに肌の色が変わるはずだった。しかし、いくら待っても肌は褐色《かっしょく》のままで、髪も黒から変わらない。

「あれ……？」

間違った薬を飲んでしまったかと、丸薬の袋を確かめる。

そんなティシアを見て、オージストは立ち尽くしていた。

「その薬が効かないのは、もしや……」

「……っ、まさか！」

シプリーは、妊娠したときに薬が効かなかったと言っていた。薬を飲んでも色が変わらないのは、つまり――

「ティシア！」

同じく察したらしいオージストに優しく抱きしめられる。彼の手は震えていた。

「ティシア……っ」

感極まった様子の彼に、ティシアの胸が熱くなる。

「毛長鼬《フェレット》、予約しないでよかったです」

素敵な幸せの予兆に心を弾《はず》ませながら、彼の背中に手を回した。

窓から差し込む月明かりが目につき、空を見上げる。空にちりばめられた星々が、祝福するかのようにきらめいた。

この作品に対する皆様のご意見・ご感想をお待ちしております。
おハガキ・お手紙は以下の宛先にお送りください。

【宛先】
〒150-6005 東京都渋谷区恵比寿4-20-3 恵比寿ｶﾞｰﾃﾞﾝﾌﾟﾚｲｽﾀﾜｰ 5F
（株）アルファポリス　書籍感想係

メールフォームでのご意見・ご感想は右のＱＲコードから、
あるいは以下のワードで検索をかけてください。

アルファポリス　書籍の感想　検索

ご感想はこちらから

麗《うるわ》しのシークさまに執愛《しゅうあい》されてます

こいなだ陽日（こいなだようか）

2018年　10月15日初版発行

編集ー赤堀安奈・仲村生葉
編集長ー塙綾子
発行者ー梶本雄介
発行所ー株式会社アルファポリス
〒150-6005 東京都渋谷区恵比寿4-20-3 恵比寿ｶﾞｰﾃﾞﾝﾌﾟﾚｲｽﾀﾜｰ5F
TEL 03-6277-1601（営業）　03-6277-1602（編集）
URL http://www.alphapolis.co.jp/
発売元ー株式会社星雲社
〒112-0005東京都文京区水道1-3-30
TEL 03-3868-3275
装丁・本文イラストーなおやみか
装丁デザインーansyyqdesign
印刷ー図書印刷株式会社

価格はカバーに表示されてあります。
落丁乱丁の場合はアルファポリスまでご連絡ください。
送料は小社負担でお取り替えします。

ISBN978-4-434-25224-2 C0093